DONGGUAN FL

花 Flower Secret
秘密

花儿和人相依相存，发生了无数绵延不绝的温暖故事。

杨晓棠 主编

江苏凤凰文艺出版社
JIANGSU PHOENIX LITERATURE AND ART PUBLISHING

F L O W E R   S E C R E T

FLOWER SECRET

东莞市中心广场的木棉花

FLOWER SECRET

东莞中学校园操场的凤凰木

FLOWER SECRET

东莞桥头莲湖。每年六月荷花盛开的时候，桥头镇都会举行荷花节，举办精品荷花展、摄影展等多项活动。300亩莲湖莲叶何田田，数十万朵荷花凌波卓立，风情万种

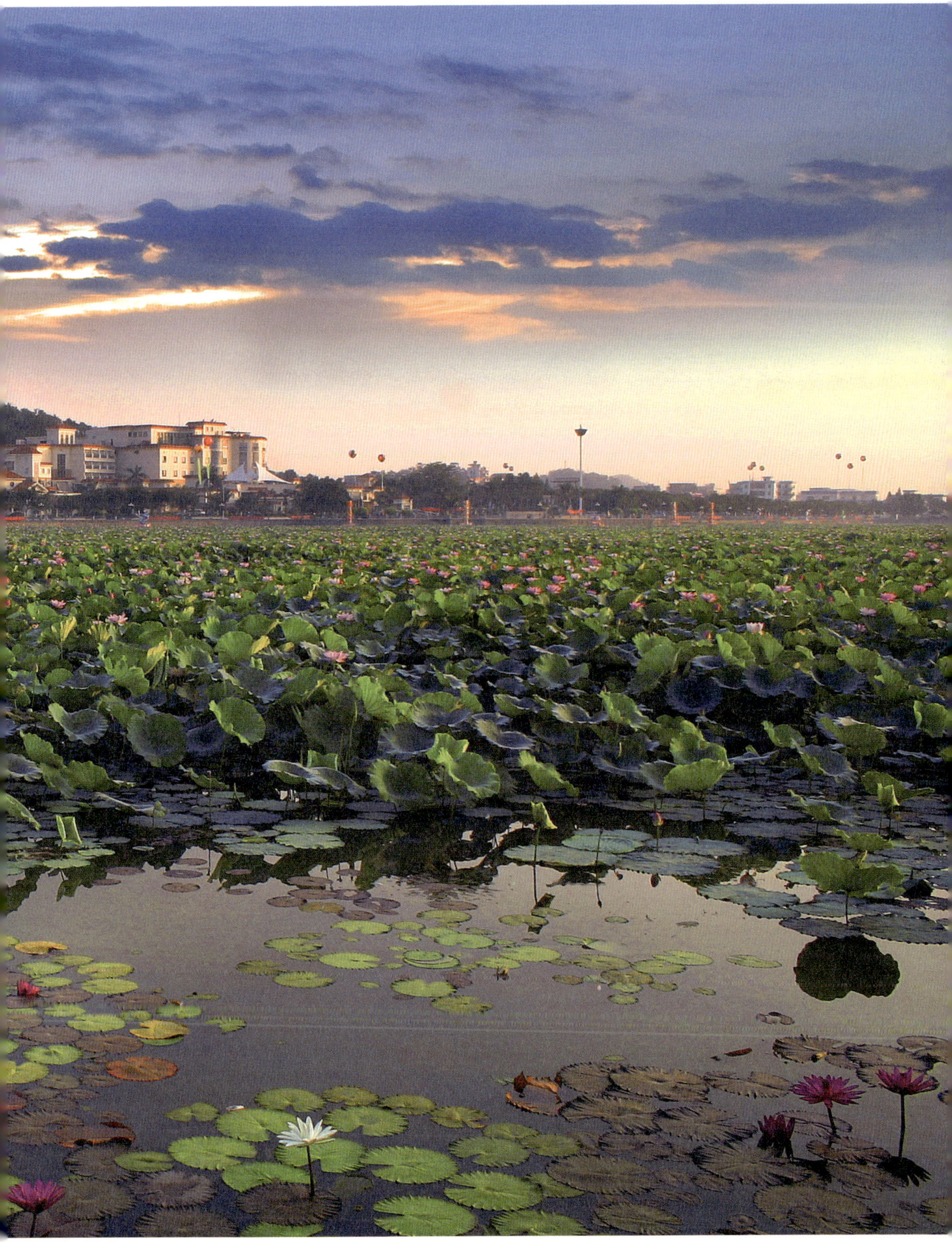

FLOWER SECRET

大岭山森林公园保存了东莞最完整、分布最集中、面积最大的野生杜鹃群落，面积达500亩。

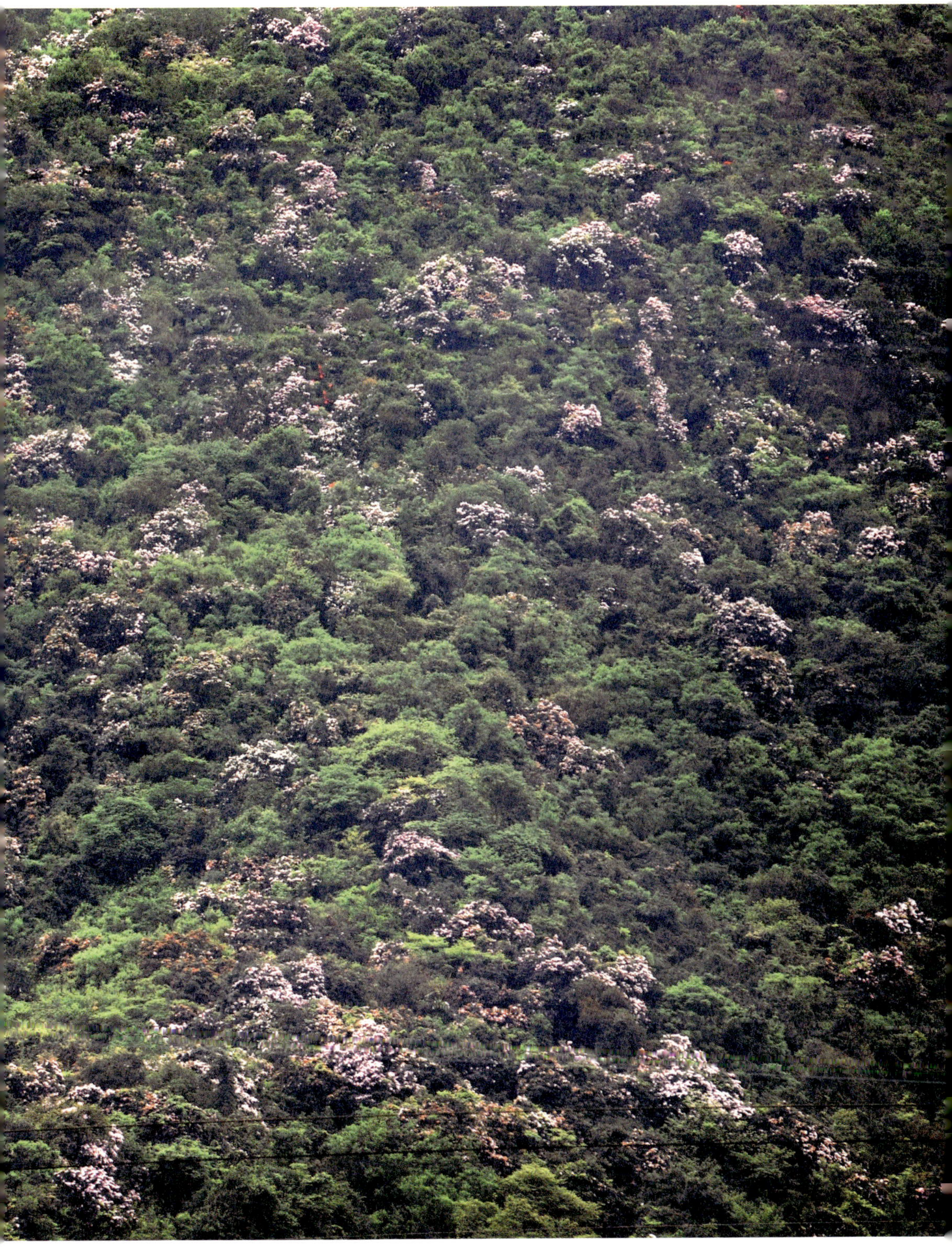

FLOWER SECRET

春天，东莞松山湖繁花似锦，踏春赏花的人络绎不绝

FLOWER SECRET

东莞同沙生态公园拥有山林面积 3000 公顷，湖水面积 1000 公顷。园内有松、杉、相思、黧蒴等树木 70 余种，花开四季，芳草如茵

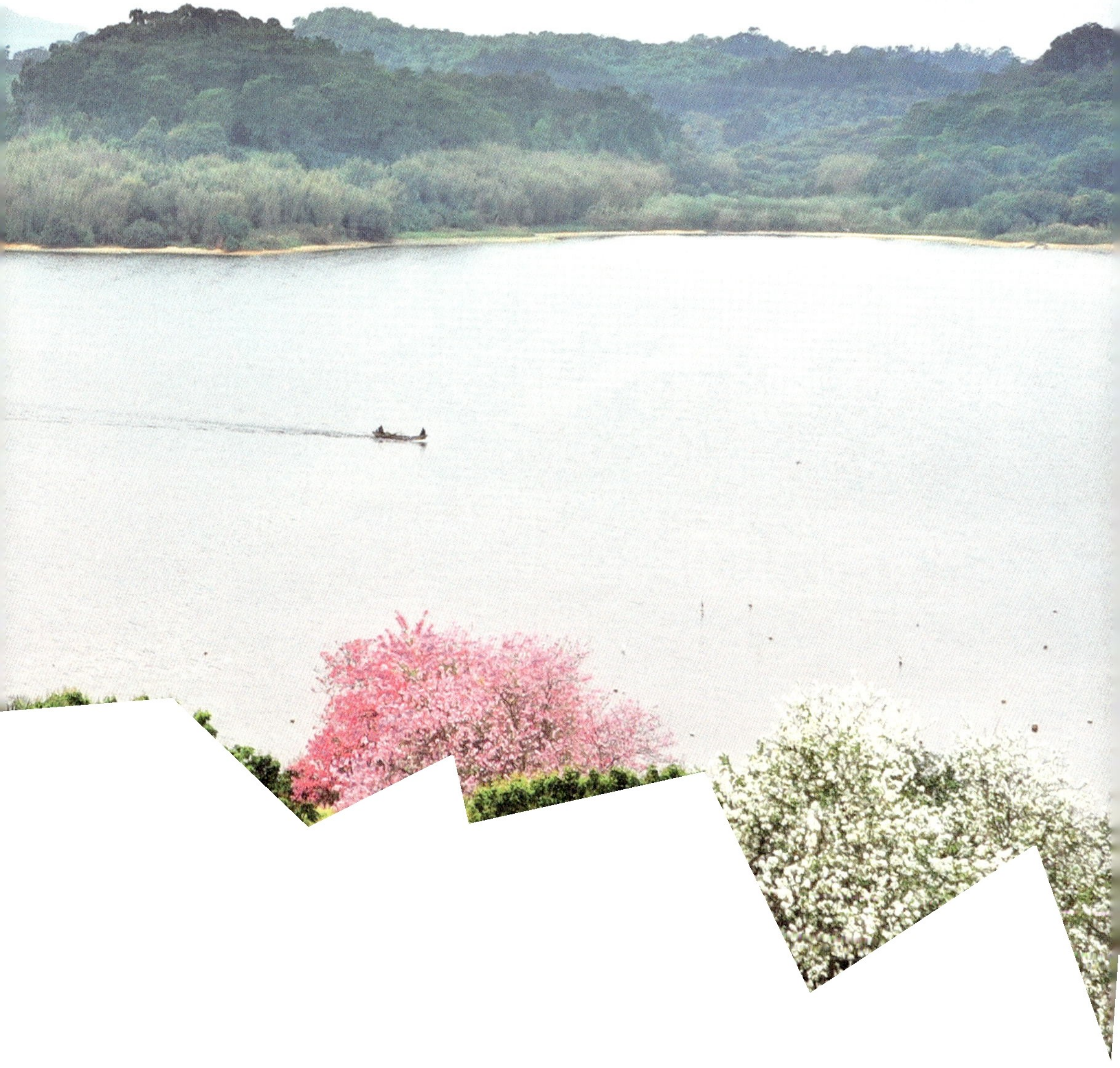

FLOWER SECRET

序言

这是只有宁静心灵才能倾听的世界，也是一个热闹到让人应接不暇的世界。花要诉说它的秘密，你准备好了吗？

今天，全世界有20多万种开花植物，比植物总数的一半还多。花儿不仅相互影响着对方，还影响着动物、环境、人类、城市、科技与文化。你可能还没意识到，花儿早已是地球的重要居民。

花儿是大自然最美的礼物，有着丰富的色彩、怡人的香味，想方设法伸展着优雅的身姿。在一片绿植中，花儿总是最明亮耀眼的核心，让人忍不住想要凑近。不仅人类这么想，自然界更这么想。花儿与动物、环境相互利用，共同进化，让花朵与自然产生令人难以置信的紧密联系。

无论何种文化，花儿都为美丽代言。追求美是人类的天性，在节日人们用花朵来庆祝。人们用花朵来诉说心事，表达爱情、友谊和亲情。人们还会用花朵装点平凡的日常生活。花儿表达着各种复杂的情绪和意义，它是美、是快乐、是生命的张力。花是最理想的意象，出现在无法穷尽的艺术作品里。

科技的升级以及全球化的运作，植物学家培育出大量在自然界难以得到的花朵，正日益改变着人类的生活，也装点着普通居民的阳台。科普教育工作者带着孩子们观察森林和花朵，他们看、嗅、触摸、感受，慢慢理解了花香与色彩，也理解了大自然的节奏。这群孩子将来就是世界的决策者，让自然在他们心中萌芽，就是为世界播下了未来的种子。

位于珠三角中部的东莞，长夏无冬，日照绵长，降水充沛，森林覆盖率达37.4%，植物资源非常丰富。在遍布东莞的城市公园、郊野公园中，一年到头都有花朵盛开。而城中绿道上无处不在的花树、花丛，居民家门前的盆花，街角的花店，来自全世界的鲜花品种美化着这个城市，漫步其中，让人随时点亮心情。

这座高速运转的现代化城市，每一棵树、每一朵花都能找到自己的家。

FLOWER SECRET

01
CHAPTER
初生

一花一世界
004

生长在这里
010

家花和野花
018

02
CHAPTER
盛放

是朋友，还是敌人
032

花非花，叶非叶
040

蕙质真兰心
046

所有梦想都开花
056

03
CHAPTER
解语

不仅是美丽
068

花之艺
072

04 CHAPTER 情意

花开有声
093

每朵花都值得珍惜
100

花儿守护者
110

四季有约
122

05 CHAPTER 答案

植物园是怎样建成的
142

生长是最好的保护
150

花知道答案
158

FLOWER SECRET

01
CHAPTER

初生

在漫长的进化中，从植物学会了开花后，我们的地球也迎来了转折点。

一颗平凡无奇的种子，一朵花的绽放，改变了世界。千万年来，植被的多样性与物种的丰富性，滋养了城市的美和善意，深刻影响着我们的生活。

FLOWER SECRET

CHAPTER 01

DONGGUAN FLOWERS 003

城市公园，花开满路

FLOWER SECRET | 花秘密

一花一世界

城市公园里,花开遍野,满丛芬芳。

7个月大的孩子伸手揪住一枝盛放的桃花,按捺不住地往嘴里塞——他要品尝,要用舌头认识它,究竟是什么奇妙的东西,这么美,这么香。孩子打开了全部感官,这是他第一次来到花的世界。

农历二月十二,华夏大地迎来百花生日花朝节,人们结伴到郊外,用五色彩纸粘在花枝上"赏红",吸收春的气息。意大利的花神节也大同小异,每年4月28日至5月3日,男女老少用玫瑰打扮自己和动物,来到街上尽情狂欢。

当你摘下初秋的桂花为家人酿一盅桂花酿,用一枝玫瑰表达你的爱情,用百合与木兰装饰你的婚礼,在亲人离世时献上一束菊花的时候,你未必意识到,花在我们的生活中是如此无所不在。

在人类历史中,花如此重要,完全融入到人类日常的每一刻中。

植物并不是一直开花的,但植物一直在进化,它刻画了这颗星球,也推动了生态的进化。人类和其他动物每天所食用的植物,几乎都靠花来繁殖。

在漫长的进化中，当第一株植物学会了开花，地球迎来了自己的转折点。一颗平凡无奇的种子，一朵花的绽放，改变了世界。

花儿，竭尽全力展现自己，只为传播花粉，繁衍生息。一棵树有无数颗花粉等待播撒。那些受孕的种子随风飘扬，沾在动物身上，沾在姑娘的裙裾上，或者等待动物吃掉再排泄出来，它们要散落遍地，开疆拓土。

和自然界的任何一种生命一样，要让基因延续下来，花也要尽可能多地占有领地，子子孙孙无穷尽也。就是这样，全世界开花植物至今已有20多万种，占植物总数的一半以上，是植物界的绝对赢家。

在地球上，只要有合适的温度、土壤和水，就能看到花朵的身影。

并不是所有花都常见，有些花，只在地球上某个特殊的角落生活着，要想欣赏它们，就必须亲自跋涉去寻找。

短萼仪花几乎只生活在中国的华南地区，在海拔500~1000米的疏林或密林中散步，你会在山谷、溪流边发现它们的踪影。

短萼仪花树又高又大，花朵却细小娇弱，让人疼爱。它是典型的变色花，花未开时，花托嫩绿，初开时花瓣为白色，盛开时又变成了紫色。

花开时节，整个树冠绿色、白色、紫色共存，繁花朵朵。阳春三月，去东莞清溪杨桥坑的林中散步，你会惊喜地发现，中国最大面积的短萼仪花盛景就在这里，实在让人心生欢喜。

DONGGUAN FLOWERS 007

FLOWER SECRET | 花秘密

FLOWER SECRET

墨兰（学名：Cymbidium sinense Willd.），又名报岁兰，是兰科兰属地生植物，分布于中国、印度、缅甸、越南、泰国、日本琉球群岛等

CHAPTER 01

木莲（学名：Manglietia fordiana Oliv.）是木兰科，木莲属乔木，高可达 20 米，花被片纯白色，5 月开花，10 月结果

生长在这里

一方水土养一方人，这个道理对花也适用。

大部分植物的生长是对环境的反应结果。要让一朵花尽情绽放，阳光、土壤、水分和良好的环境缺一不可。一切生物的生存状态，以及它们与环境之间总是有着环环相扣的关系。

水中花世界

湿地在地球上是一种奇特的存在，它既不是陆地的生态系统，也有别于水生生态系统，而是两者之间的过渡。在全世界的地表面积上，湿地只占6%，却对地球的整个环境至关重要。

在湿地，土壤浸泡在水中，生长着大量的湿地水生植物，如睡莲、美人蕉、凤眼莲等植物，花色艳丽，还净化水质。珍稀水禽的繁殖和迁徙往往都离不开湿地，那些拍鸟爱好者就常常聚集在湿地附近，在令人心旷神怡的美景中，用镜头捕捉鸟类的姿态和飞翔。湿地强大的生态净化作用让人们称它为"地球之肾"，着实非常形象。

中国的湿地面积占了世界湿地的10%，位居亚洲第一位，世界第四位。从北至南细数起来，中国国家城市湿地公园有57个，这些湿地公园中，在低潮时水深都不超过6米，珊瑚滩、海草床、滩涂、河口、河流、淡水沼泽、森林、湖泊、盐沼、盐湖等，在这里密集地塑造着丰富的生态类型。

被称为广东最美湿地的麻涌华阳湖湿地公园，就是其中之一。华阳湖湿地公园位于东江三角洲平原网河区下游，咸淡水交界处。过去，华阳湖所在的区域污染企业随处可见，河水黑臭。经过6年的综合整治，华阳湖重新恢复了"江水绕村榕树绿"的水乡风光，园区内多条河涌纵横交织，滋生了种类繁多的动植物。湿地公园特别引进了22种、53万株水生植物，在水岸两侧形成缤纷灿烂的季节性花田与湿地植物群落，成为整片湿地的生态屏障。

白鹭常留的小岛

走进东莞同沙生态公园，亚热带的阳光洒在清新的水流中，池里水草、游鱼、青蛙正在嬉戏。绕着15公里的环湖公路行走，必须得停留一阵儿，青山逶迤，湖水潋滟，水鸟掠起，宛如画图。

盛夏，睡莲静静伫立在水中，花叶浮在水面上，圆盾形的叶片，红色、白色、黄色花瓣凌波仙子似的俏立水面。

要是仔细点，还能发现睡莲科的另一种植物，金黄小花在纤细的花梗上迎风摇曳，叫萍蓬草，古时候人们说"三寸金莲"，就出自它。

FLOWER SECRET

广东麻涌华阳湖国家湿地公园位于东莞市麻涌镇西侧，总面积352公顷，具有河流湿地和湖泊湿地的复合特征，湿地公园内共记录哺乳动物3目3科8种，有记录的鸟类15目35科87种，其中珍稀濒危重点保护鸟类15种

CHAPTER 01

DONGGUAN FLOWERS 013

FLOWER SECRET | 花秘密

岸边行走，总能看见一丛丛神似狐狸尾巴的植物沉在水中，这就是穗花狐尾藻，在珠江流域许多的湖泊、河流和池塘中广泛存在。但你可能不知道，水生植被恢复和水体生态治理往往都离不开它。松山湖燕岭湿地也有这样的"水下森林"，水道长约1.6公里，深1.6米，清澈见底，在治理附近南畲朗污水处理厂的污水的同时，也美化了环境。

人类不能独自占有这片美丽的湿地。你在这里散步，旁边几只悠闲的白鹭也在这里踱步。白鹭可能是鹭科鸟类里最秀美的一种吧，身体修长，披着洁白如雪的羽毛，好像从什么仙境下来人间的。

白鹭常常停留在两座小岛上。这里树木茂密，保存完好的原始生态环境让各种鸟类翩翩而来，成了鸟类的家园。每年四五月份，成千上万的鹭鸟来这儿繁衍，远远望去，岛上郁郁葱葱的大树落满白鹭，像树开出的白花。

白鹭时而窜动，时而飞起，场景恍如图画，让人由衷赞叹大自然的造化。白鹭是不吃植物的，它寻找小鱼、小虾、水生昆虫和贝类。

而白鹭的粪便，成了岛上植物的肥料，滋养着它们生根、发芽、开花，来年长成更大的树冠，迎接白鹭的到来。

DONGGUAN FLOWERS　015

湿地中，白鹭蹁跹，到处可见

FLOWER SECRET | 花秘密

FLOWER SECRET

CHAPTER 01

花在我们的生活中无所不在

家花和野花

盛叔10年前在香港买了幅装饰画。这幅画占了盛叔家客厅的一面墙。画里，棕色地面上耸立着十几株植物，毫不留情地占满几乎整个画幅，没什么留白。每株植物都生出一朵硕大的、金黄色的花，华丽霸气，又因为尺幅太大，有种唯我独尊的架势。

这究竟是什么花？盛叔一直没能解开心里的谜。直到有一天，他逛花市的时候，发现地上有盆花，似曾相识。他赶忙问老板，才得到了名字——地涌金莲。果然不假，花苞饱满，跟画里一模一样，像从地面涌起的一株金色莲花。盛叔赶紧买下，搬回来放在阳台上。他后来才知道，地涌金莲是佛教圣花，云南地区也有生长，傣族人还认为这花是善良的化身，能惩凶除恶。盛叔对它更加珍爱了。

盛叔的阳台

在盛叔的阳台上，这不是最有故事的一盆花。让他分享阳台养花的经验，盛叔开玩笑说："要想阳台养花呢，你首先要有个阳台。"不管谁来盛叔家，都会为他的阳台啧啧惊叹。

这座阳台就在东莞一座高层住宅里，如果不进这间屋，你无法想象屋里竟藏着这样的景致：宽敞的阳台一角，一棵养了8年的簕杜鹃恣意伸出枝杈，簇簇红花像爆炸了一样环绕着阳台。向外望去，小区里的湖，郁郁葱葱的竹林，东莞绿树成荫的街道，尽收眼底。

从盛叔的阳台向外望

    这一切都是盛叔的安排。簕杜鹃长到三四米，往往已经混乱不堪，盛叔每年的修剪，让它能伸展得恰到好处，和阳台上的其他植物搭配。旁边的小桔子树从春节就结满了果实，地涌金莲在角落里静静开放，几盆兰花更是受到盛叔的精心照料，有时白天搬出晒一会儿太阳，时间差不多了，再将它们搬回阴凉处。

    盛叔年轻时觉得，植物不会动，不会与人交流，不像小猫小狗那么讨巧。年龄越长，他越喜爱花草的这分清净。早上醒来第一件事，盛叔就去把家里的几十盆花仔仔细细瞅一遍，谁该浇水，谁该换土施肥啦，谁该晒晒太阳，他一样不落地照料一遍。然后，在一阳台的植物中间，阳光照进来了，他开始锻炼身体，扭扭腰，伸伸腿。

FLOWER SECRET

白兰（学名：Michelia alba DC.），木兰科，含笑属的常绿乔木，花洁白清香，夏季开放，花期长，叶色浓绿

CHAPTER 01

不经意间，他才注意到有一两枝花，轻轻向阳台外延伸出去，探触室外湿润的空气、风和雨，像要飘到街上去。

鲜花之城

外面的街道上，白兰花还在开。初夏的东莞，尽是白兰花的清香。白兰花花瓣呈白玉色，显得极无瑕，甚至连香气也不浓烈恼人。旧时，姑娘们常常剪下白兰花骨朵串上一小串，挂在身上，一整天都被花香围绕，沁人心脾。常鼻塞或者爱头疼的人，嗅一嗅白兰花，似乎也能缓解一些。东莞的县正街两旁高大的白兰花树，郁郁葱葱，广受人们喜爱。白兰花树在东莞各处种植，花朵素雅高洁，在20世纪90年代被选为东莞市花。可以说白兰花是东莞人心中永远的芬芳。值得一提的是，不少人容易将白兰与玉兰混淆，其实二者花型颇为不同，玉兰花稍大，花型似莲，而白兰花则小巧些，花瓣相对纤细。

广东人对花情有独钟，花与生活密不可分。广东最常见的树木莫过于榕树，街头巷尾，村前屋后，都能寻到榕树的身影。夏初，榕树开出榕花，毛茸茸的花絮，颜色粉粉嫩嫩，还有淡淡的香味。龙眼是人们喜爱的水果，东莞是著名的龙眼产地。早春二月，葱郁的龙眼树冠支起一穗穗伞状花序，穗上缀满了数百成千的花蕾，都细碎如绿豆粒。

FLOWER SECRET

润楠（学名：Machilus pingii Cheng ex Yang）是樟科，属乔木，高可达 40 米，圆锥花序生于嫩枝基部，花小带绿色，4-6 月开花

CHAPTER 01

东莞的行道两旁常有花，节庆花坛也做得新意叠出。每过几个路口，就能看到售卖鲜切花的小店。

这里孕育着大量的爱花人，无分雅俗贵贱。人们赏花、养花、买花，家家都不例外，尤其是每年春节的花市，更是一年中鲜花的盛会。据说明朝以前，就有了新春花市的习俗。岭南人的迎春花市里，花簇绽放，人海如潮，热闹非凡，上百万人一起参加这场花卉嘉年华，可以说是广东一年一度的花俗文化盛宴。金桔、桃花和水仙，是新年必不可少的花儿。广东人说起桃花就滔滔不绝，甚至会搬棵桃花树回家。桃树之于广东人，犹如圣诞树之于西方人。

山里的野花

3月，往银瓶山里去，正值润楠最美的时候。在紫烟阁周围数平方千米的森林里，5000多亩面积里分布着华润楠、浙江润楠、绒毛润楠等润楠品种。这也是华南地区面积最大的润楠群落。春暖花开季节，润楠树会长出粉红色的嫩叶和黄绿色的聚伞形花序，令人赏心悦目。

在银瓶山森林公园海拔七八百米的山坡和山脊上，分布有山地亚热带草坡。赶上合适的时节，映山红、吊钟花以及乌饭树的花也是非常可爱的。进山一天，总能遇到爬山的东莞人，个个精瘦而结实，脚步轻便，皮肤也晒成了古铜色。在银瓶山工作了30多年业已退休的老人说，这座山一辈子不知爬了多少次。如今他还经常来爬山，沿路给同行的朋友指认各种植物："这是白茅和五节芒，那是米碎花，哦，你看见那边了吗？"他指着一株其貌不扬的草，"这是土黄连，上火了泡水喝一喝，很快好……"

3月，大王山公园里的禾雀花势头正猛。花藤生长特别迅速，蔓茎粗壮，叶繁荫浓，茎长可以达到几十米。大王山上，禾雀花吊挂成串，每串二三十朵，像无数柔软饱满的小鸟栖息在枝头。在被称为藤王、藤后的两株巨大禾雀花下，滴水观音也有几米高。在这片古老的森林里，一切植物都显得那么巨大。

东莞人喜欢自然，亲近山林，跟这里的自然资源丰沛有很大关系。地处亚热带的东莞，森林覆盖率达37.4%，林木绿化率达41.2%，全市野生维管束植物1630种。在20个森林公园、23个湿地公园以及任何一处城市绿道上，花儿四季绽放。

在一座鲜花盛放的城市，没有人会感到焦躁。从盛叔开满鲜花的阳台走出来，家花和野花，都让人身心舒畅。

DONGGUAN FLOWERS   025

禾雀花吊挂成串，如鸟雀飞舞

FLOWER SECRET | 花秘密

FLOWER SECRET

禾雀花一般指白花油麻藤。白花油麻藤（Mucuna birdwoodiana Tutcher），蝶形花科黎豆属，常绿木质大型藤本

CHAPTER 01

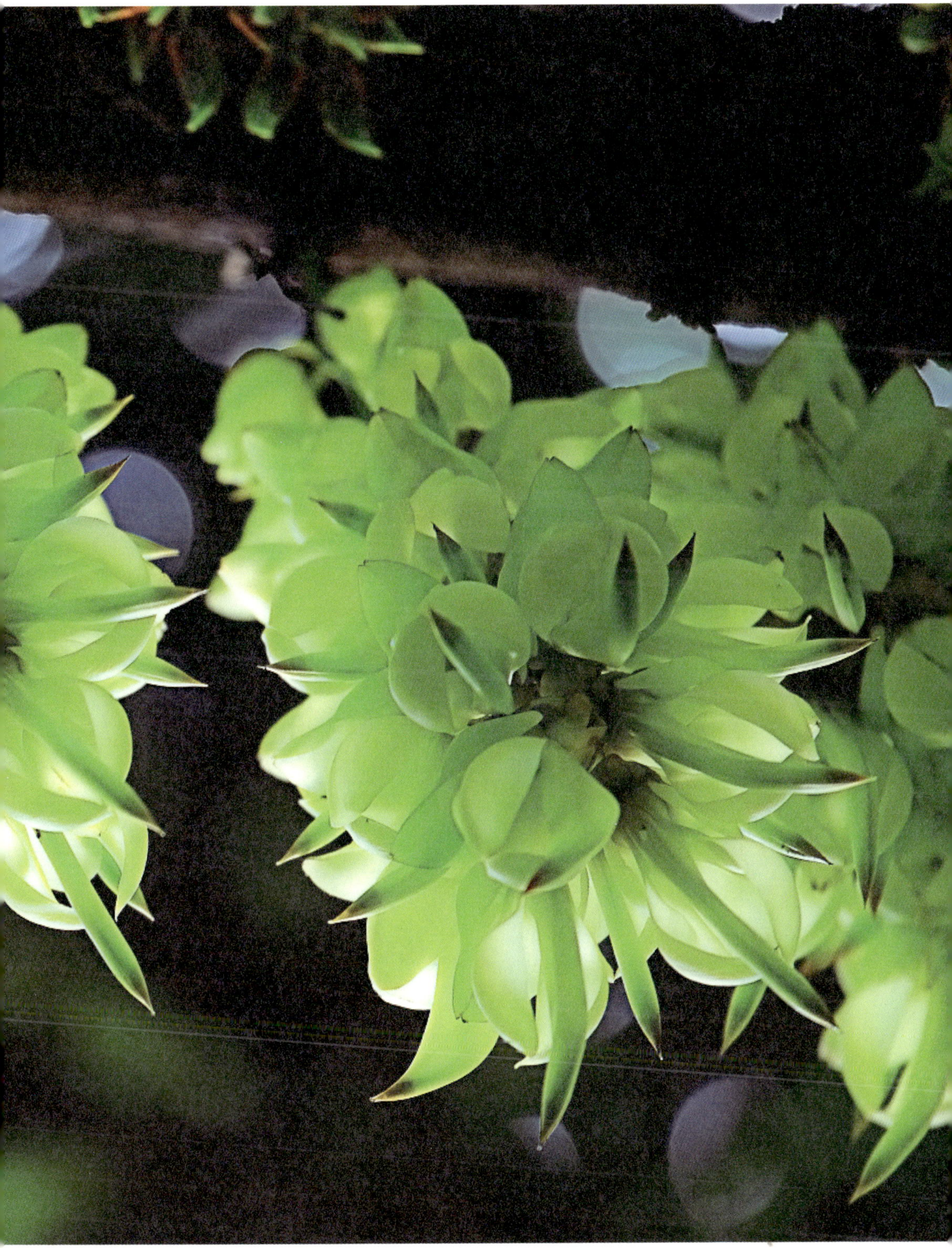

FLOWER SECRET

02
CHAPTER
盛放

即使是路边的小花或者池塘里的微生物，也远比人类发明的任何装置要复杂难解。花不仅美丽，它背后蕴藏着自然的智慧和力量，等着人们去探索。

FLOWER SECRET

鹤望兰（学名：Strelitzia reginae Aiton），芭蕉科鹤望兰亚科，多年生草本植物，无茎。叶片长圆状披针形，长25cm-45cm，宽10cm

CHAPTER 02

DONGGUAN FLOWERS 031

FLOWER SECRET | 花秘密

是朋友 还是敌人

生长在自然环境下的植物，生存竞争激烈。它们要建立起自己的防御，还得与周围的物种达成协议与默契。

以为植物逆来顺受，一辈子静止在原地，对一切不做出反应，是一种无知。植物不仅能动，能感受，能交流，还充满了智慧，而人类对此知之甚少。

相生也相克

事实上，有些植物受到攻击时，会立刻分泌毒素来阻止正在吃的动物。有些植物甚至可以告诉周围的植物，有食草动物正在食用它们。就像鸟类和动物的叫声一样，它们传递信号给同类，保护自己的大家族。

植物之间，可并不都是友好。正像达尔文所说，每个生物在生活过程中，必须跟自然环境做斗争、跟同物种做斗争、跟不同物种做斗争，其中以同物种生物之间的斗争最为剧烈。植物之间，相生也相克，关系可不比人类简单。

很多植物和人一样，关系好的会和谐共处，互相帮助，共生共荣。就像葡萄园里种紫罗兰，结出的葡萄会又大又甜。朱顶红和夜来香、洋绣球和月季、太阳花和石榴，组合种在一起能够共同成长、共同绽放。

遇到关系不好的，硬种在一起，就会出现水火不容、势不两立的敌对关系，到最后还可能两败俱伤。

和谁交朋友

有些植物和昆虫几乎是相互依赖的关系，双方为了彼此进化成今天的样子，那种默契让人惊叹，仿佛离了谁都会活不下去。

在东莞观赏兰花时，你可能会突然发现一朵粉粉嫩嫩的肉质兰花，结果走近一看，它居然动了起来。这其实不是什么兰花，而是一种漂亮的拟态螳螂：兰花螳螂。

兰花螳螂长年与兰花相处，得以完美地模仿兰花的形态，便于捕食猎物。很多不同种类的兰花都会伴生着各种兰花螳螂，其步肢演化出类似花瓣的构造和颜色，这完美的伪装，甚至能随着花色的深浅调整身体的颜色。大自然里，类似兰花螳螂的生物非常多，琵琶鱼、流星锤蜘蛛都是这样。

在东莞的每个村口，都种植着高大繁茂的榕树，当地人称之为风水树。这种见证了数百年风云的古老树木，也和一种小昆虫有

FLOWER SECRET

紫花风铃木（学名：Handroanthus impetiginosus (Mart. ex DC.) Mattos）是紫葳科，风铃木属落叶乔木

CHAPTER 02

着特别的关系。

　　这些根系茂密的榕树没有美丽香甜的花朵，不能引诱蜜蜂和其他昆虫传粉。榕树的花都藏在肉质的花序托里，叫作隐头花序。剖开花序，可以看到三种花：雌花、雄花、瘿花。这瘿花是由雌花特化而来的中性花，柱头像漏斗，只有足够小的昆虫才能在这儿产卵。花托顶口由许多密生的苞片封住，昆虫们想进也进不去。

　　然而，在这密封的微世界里，榕小蜂得以生存。雌雄花开放，榕小蜂雄蜂也成熟了，从花壁上咬开小洞，爬进来找雌蜂居住的瘿花，之后咬破瘿花钻进去跟雌蜂交配。交配完成后，雌蜂飞出去到其他花序里产卵，产卵的过程又粘满花粉，顺便给榕树完成了传粉。而那只交配完的雄蜂，因为没有翅膀，直接死在了交配的地方。

　　也有些榕小蜂是投机者，不给榕树传粉，榕树也会采取惩罚机制，直接让果实脱落，将这些投机性的榕小蜂后代杀死。在长期演化过程中，细小的榕小蜂和庞大的榕树相依为命，形成完善的自然生态系统。

FLOWER SECRET

在禾雀花朵旁，蜜蜂在轻盈地飞舞，似与禾雀花嬉戏玩耍

CHAPTER 02

花和传粉者的关系十分微妙。花的传粉者主要是蜜蜂、蝴蝶之类常见的昆虫，但花也会借由各种各样其他的动物传粉

FLOWER SECRET

CHAPTER 02

无忧花，指中国无忧花（学名：Saraca dives Pierre），常绿乔木，枝叶浓密，花大而色红，盛开时远望如团团火焰

花非花 叶非叶

"即使是路边的杂草或者池塘里的微生物,也远比人类发明的任何装置要复杂得多。"美国植物学家爱德华·威尔逊如是说。

蹲下来仔细观察一朵花,你不难发现花的结构和组成是如此精巧,你甚至会发现其中蕴含着很多自然的智慧。

你确定这是花吗?

很多时候,花非花,叶非叶,我们看到的并不是花瓣,而是变形的叶片,东莞常见的一品红都是这样的花。

一品红又叫圣诞红,叶片宽大,大红大绿,外观喜庆。这种原产于墨西哥及中美洲地区的植物,直到18世纪才被美国驻墨西哥首任大使 J.R Poinsett 引入美国。

最常见的一品红,下半部分是正常的绿色叶片,上半部分则是喜气洋洋的大红色。这些大红色"花瓣",从不同枝上发出来,近距离观察,会发现它们跟叶片一样有着叶脉。原来这些"花瓣"并不是真正的花瓣,只是变色的叶片而已。在花期,一品红的顶端叶片会开始慢慢变红。

一品红真正的花是在叶束中间的部分,红色叶片里藏着黄绿

一品红（学名：Euphorbia pulcherrima Willd. et Kl.）是隶属于大戟科、大戟属的灌木。有轻微毒性。根圆柱状，极多分枝。茎直立，高1-3米，直径1-4厘米。

色小颗粒。这些小颗粒也不是完整的花朵,而是一个个复杂的花序。一朵雌花和几朵雄花簇拥在一起,实在太低调、太简单,人们常常忽略它们的存在。

一品红鲜艳的变色叶片,可以维持两三个月,极具观赏性。在原产地墨西哥,一品红可以长成3~4米高的大型灌木,不过在花卉生产中被园艺学家改造得较为低矮,以便作为盆栽使用。

植物的奥妙,不仅在于美,还在于科学。

科技让花升级

今天,无论你生活在地球的哪个位置,要想得到一株生长在地球另一端,来自不同气候带的花,是绝对可能的。科技的升级以及全球化的运作,让时间和空间都被改写,要得到一株以往难以得到的花,已不是难事。

自然界不同的植株间杂交会偶然发生,但人类觉得不够。植物学家一直在实验室中杂交花卉,培养出前所未有的新品种。当植物学家花若干年时间育出新种,又得花上若干年时间培养种子和幼苗,再进行试验。如果一个新品种能被市场喜欢,又对种植条件要求不那么严苛，才会进入商业市场推广。也就是说，一个新品种花卉，可能至少得经历十几年，我们才能在家附近的花市见到。

对于深耕植物克隆的科学家陈春满来说，让科技带来鲜花的升级，让更美更香的花卉进入生活，是一件幸福的事。

在东莞这样一个亚热带城市，四季鲜花盛开。逢年过节，人们都喜欢到花市购买鲜花，摆放在家里，增加节日的气氛。陈春满在东莞生物技术研究所工作了20年，通过植物克隆技术，培养出许多天南星科观叶植物。

植物克隆，就是利用植物细胞具有全能性的特性进行繁殖育苗的技术。在适宜的条件下，单个细胞能复制出与母体遗传性状相同的完整植株。陈春满说："植物克隆一般是在瓶子内进行的，瓶内装有营养液和不同外源激素。密闭的瓶内经过高温灭菌后处于无菌状态，再给予适宜的温度和光照，植株就可在瓶中生长了。"

"幼嫩的细胞容易被诱导，很老的组织怎么搞都没反应。毕竟在幼嫩的地方才有更多生长激素。"因此植物克隆往往选择植株中最幼嫩的部分，茎尖、根尖、侧芽、嫩叶、嫩茎、花托等。

外植体经过消毒液灭菌后放到无菌的瓶内培养，一般一个月左右换一次新的营养液，繁殖速度很快。当库存量到达预定的目标后，通过改变外源激素，让芽体长根，获得完整的植株。通过这种无性繁殖状态生产出来的克隆苗，遗传因子一致，性状也比较稳定。而传统种子繁殖的幼苗，由于受父母本的影响，后代苗往往具有较大的遗传变异性。

植物克隆方法具有繁殖速度快、种苗性状稳定的优点，可以运用在种子量少或无种子的植物繁殖上，在农业生产中被广泛利用。在陈春满工作的单位，一年要通过克隆技术生产一两千万的植物幼苗。

这些默默无闻的植物科研人员培育的植物，装点着普通人的阳台和大街小巷的花坛。从某种程度上说，他们引领着一个地区的鲜花流行趋势，用科技引领着城市的审美升级。

三角梅（学名：Bougainvillea spectabilis Willd.），紫茉莉科，三角梅属木质藤本状灌木。叶子花很细小，黄绿色，三朵聚生于三片红色苞中，外围的红色苞片大而美丽，因其形状似叶，因此也称其为叶子花

FLOWER SECRET | 花秘密

蕙质真兰心

说兰科植物是开花植物里的"奇葩",一点儿也不过分。兰花族类实在太庞大、太丰富,同时又进化得太聪明了。那些优美的形态,神秘的芬芳,让人惊叹,兰花受到大自然绝对的眷顾。

地球上的兰花有近3万种,占开花植物物种的10%。它不仅能在地上、树上、石头上生长,并且呈现出多样性。从喜马拉雅山麓到婆罗洲的雨林,从西伯利亚的河岸边到乞力马扎罗的冰川,从洛基山脉到亚马逊平原,兰科植物的踪迹遍布全球。

自古以来,生物学家、植物学家就对兰花着迷,在兰花研究上倾注了大量心血。达尔文就是个名副其实的兰粉,他曾说,"在我的一生中,最感兴趣的莫过于兰花了"。

可园离江南家不远,因此她常去逛逛。东莞的可园与顺德清晖园、番禺余荫山房、佛山梁园合称广东清代四大名园。它始建于清朝道光三十年(1850年),园林设计十分精巧,把住宅、客厅、庭院、花圃、书斋艺术地糅合在一起。

可园过去的主人张敬修钟爱兰花的幽香清淡,雅致不俗。如今走进可园,四处角落也流露出这样的文人气质,依然"万物静观皆自得"。

CHAPTER 02

可园春色

FLOWER SECRET | 花秘密

FLOWER SECRET

CHAPTER 02

兰花清新淡雅，为历代中国文人所喜爱

FLOWER SECRET

蝴蝶兰（学名：Cymbidium ssp.）是单子叶植物纲，兰科，兰属植物通称

CHAPTER 02

江南去可园，也是为了这里的兰花。她喜欢花，是个兰花迷，正好学了园艺专业，几经辗转，终于把事业根植在兰花上，现在东莞市农业科学研究中心从事兰花培育工作。

在华南农业大学上学期间，江南虽然学习的是果树专业，却一心喜欢花卉。花卉栽培的选修课激起了她强烈的兴趣，一有时间就往图书馆跑，翻遍了所有跟花卉有关的书和资料。

她做过果树相关的研究，也做过土壤改良方面的课题。后来终于有机会，让她能回到兰花的世界。

跟她来到1000多平方米的温室大棚，浓烈的芬芳袭来，江南介绍说，这是一种围柱兰，在大棚里待一天，出去时身上就像喷了香水一般，一两天都不会消失。

她的工作，就是将不同的兰花进行杂交，培育新品种。有些兰花会散发宜人香味，却不够艳丽；有些兰花有鲜艳的花朵，却没有香气。她的目标是，培养新的兰花品种，同时拥有两种优势，又香又好看，两全其美。

江南和她的同事在全世界搜集了300多份兰花资源，有大花蕙兰、石斛兰、卡特兰、围株兰、兜兰、蝴蝶兰等。

江南觉得自己和兰花有缘分。一株兰花还没开花,她忍不住心里催促,会跟花说话:"你就开一开,让我看看你的样子好吗?"花似乎也能听懂她的话,开了个满盆。江南说,这是她最惊喜的时刻。

临走时,她指着一株兰花问大家,看看它的花像什么?那朵深紫色的兰花"脸蛋儿"真小,大概只有2厘米长,四只触须一样的淡绿色"腿儿"向下伸展着,活像一只只小章鱼。江南笑说,这花的名字就是章鱼兰。

章鱼兰的花型可不是孤例,兰花的奇特面孔,足以迷惑很多植物与昆虫。要是不悉心辨认,它还可能骗过人类。江南说,无论兰花怎样变脸,合蕊柱和唇瓣是不变的,所以合蕊柱才是兰花科的身份证呢。

花棚里,她站在一片兰花之中,笑得灿烂。

DONGGUAN FLOWERS 053

兰科植物成功的秘诀，可不是什么上帝的眷顾，而在于它实在聪明，选择了极为特殊而又成功的繁殖和生存策略。

FLOWER SECRET | 花秘密

FLOWER SECRET

蜘蛛兰（学名：Hymenocallis littoralis (Jacq.) Scalisb.），俗称：水鬼蕉，多年生鳞茎草本植物。叶基生，倒披针形，先端急尖

CHAPTER 02

DONGGUAN FLOWERS　　055

FLOWER SECRET ｜ 花秘密

所有梦想都开花

中国北方的冬天，天寒地冻的土黄色里，大自然的颜色像蜕化了。下一场雪，世界变成了白色，整个大地沉睡在冬雪的绒毯下。

但要是有什么花乐意在这时开放，大概连冬季本人都会感谢它。

冬季的那抹亮色

阿龙第一次在北方的冬天见到那抹动人心魄的亮色，来自一种名叫朱顶红的植物。那是小学的时候，阿龙的表姐送了他一个球根，他也不知是什么花，就像照料一只小动物那样悉心呵护。后来，这株开着单瓣渐变色花朵的植物，让他喜爱至极，他才知道这花的名字，正是朱顶红。

冬天的朱顶红正处于休花期，北方的人们会在暖气房里催开它的花朵。10年后，阿龙已经在一家著名IT企业做技术工作，彼时他已经是朱顶红圈子里活跃的"朱友"。他的房间里，除了床上，全部摆满了朱顶红。临近春节，他催开的上百盆朱顶红先后开放，一进家门，就将单调的北方冬天甩到身后，迎面扑来的是色彩浓烈、姿态各异的艳丽花丛。

这些原产美洲的石蒜科植物，到17世纪才传入欧洲。因其花期长，花型美观而倍受喜爱。中国的朱顶红据说是100多年前欧

DONGGUAN FLOWERS

一、子名：Hippeastrum rutilum），又名红花莲、华胄兰、柱顶红、朱顶兰等。朱顶红鳞茎近球形，叶6-8枚，花后抽出，鲜绿色，花茎中空，稍扁，具有白粉

FLOWER SECRET | 花秘密

洲传教士带进来的，相较近些年大量进入市场的朱顶红品种而言，过去那些本地朱顶红人们称为"土朱"。邻居说，阿龙家的春天提前来了，纷纷跑去他家赏花。那几年里，阿龙家就像个朱顶红花园。

品种控的追求

作为一个谦虚的品种控，阿龙觉得这上百盆花在品种上还远远不及更专业的朱友。长期混在朱顶红论坛里，跟无数热爱朱顶红的朋友交流，阿龙发现了真正专业的玩家，叶耀华。

叶耀华早年在香港经商，后因痴迷于花而转行。2000年，他开始筹建花场，收集优质种源，自行杂交育种，培育与推广朱顶红。叶耀华的出现改变了阿龙的命运。阿龙反复思考，决定南下东莞，与叶耀华一起创业。他们梦想有一天，能把自己培育的朱顶红销往全世界。

南方当然更加适宜朱顶红生长。阿龙辞去高薪工作，只身来到炎热潮湿的广东，在大棚里常常一待就是一天。要培育一个成熟的新品种，至少需要12年的时间。阿龙抱着长远的梦想而来，他希望将来能给这世界留下几株自己研发的品种。

谁知没过多久，叶耀华因病去世。阿龙于是开始与叶耀华的合作伙伴周世明合作。周世明也是爱花之人，她认为花是有灵的，花的灵魂能与人的灵魂对应。花棚里上千个品种的朱顶红，她能敏锐地指认出每个人心爱的那一种。周世明的朱顶红种子资料库，是叶耀华经过15年的收集和杂交选育出来的，包含国外已注册的商业品种300余种，目前已记录杂交品种超3500种，现已经批量化生产的自育品种共计近百万株。

也正是由于这些新品种，在一些国际花卉展上，吸引了很多国际花卉大生产商。

闪耀的孤挺花

为什么要做朱顶红？

吸引阿龙的大约是那颗播撒在他少年时的种子，对于种花出身的周世明，则是更实际的原因。朱顶红需要透水性好的花土，一半鳞茎露在外面。只要球茎质量好，没有病害，朱顶红真是很"贱"养，但开出的花总是令人惊叹。6片微微交叠的美丽大花瓣，红的、粉的、白的、紫的、渐变色的，星星点点，或者镶边。有的紫纹直指花的中心，有的带着白色的放射状五星纹。如果是重瓣的朱顶红，花瓣则是6的倍数，12、18……有种奇妙的数字之美。

为了朱顶红育种，周世明与中国科学院华南植物园、华南农业大学、广东仲恺农业工程学院等国内众多知名科研单位，搭建了农业产学研结合示范基地。自2015年开始，周世明通过消化吸收和自主创新，形成了成套先进的栽培技术和管理经验。

周世明常说，是这朵花让她与世界顶级的科技公司合作。把朱顶红作为产业研发的梦想，主攻研发朱顶红，在周世明看来，其中的价值不能用钱衡量。在过去，中国人不在乎植物的品种权，只能从国外购买各种花的品种。她和阿龙都觉得，品种权应该掌握在我们国家自己手里。

传说，朱顶红是天上的星宿。在中国台湾，人们称它为孤挺花，名字已体现出它的气质。在花语里，朱顶红意味着"在任何境遇中，都坚持心中的正确道路"。就像头顶的星空可以指引道路一样，孤挺花让人笃定，毫不迟疑。正如这个故事中的阿龙、叶耀华和周世明一样，在回报极缓的花卉育种中踽踽前行，梦想总会开出绚丽的花朵。

朱顶红，是石蒜科朱顶红属的多年生草本，常见的朱顶红品种有红狮、大力神、赖洛纳、花之冠、索维里琴、智慧女神等

FLOWER SECRET

CHAPTER 02

醉蝶花的花形柔美俏丽，深受人们喜爱

FLOWER SECRET

03
CHAPTER

解语

这是一个只有宁静心灵才能感受到的世界。如果放下人类的傲慢，以一颗孩童的好奇心去观察，你会发现花的美妙。

FLOWER SECRET

玉兰（学名：Yulania denudata (Desrousseaux) D. L. Fu），落叶乔木，花朵莹洁清丽，在中国的栽培历史可以追溯到 2500 年前

CHAPTER 03

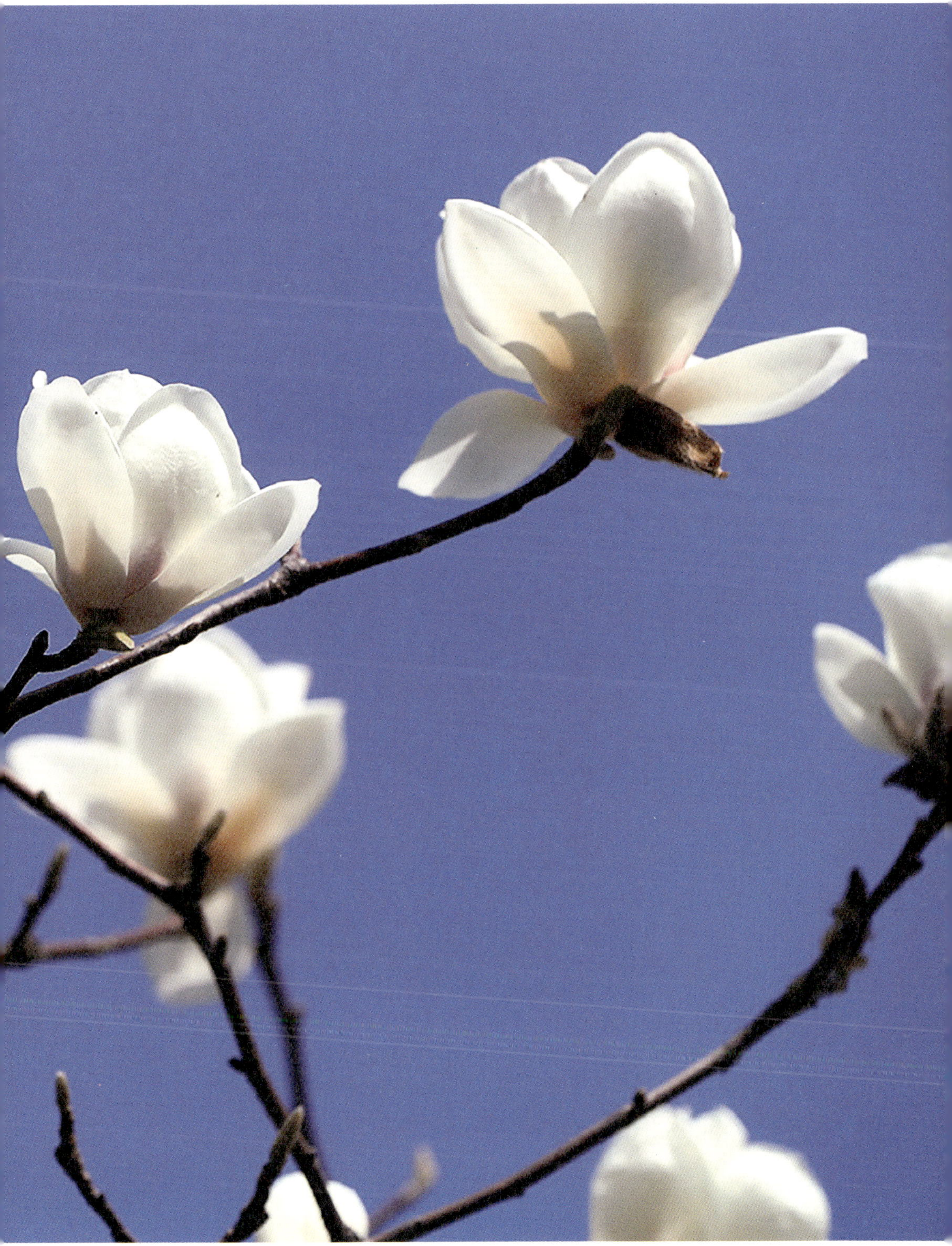

不仅是美丽

在山还没被审美的时代，很长一段时间里，西方人认为山石丑陋，称之为"地球上的疣瘤"，认为森林是可怕的"撒旦出没之地"，直到浪漫主义的出现才纠正了山与森林的审美。

比起对山与森林的态度，人类对花的态度从未经历过波折，花的美从始至终被肯定、被热爱，甚至不需要人类的证明与注解。

正如日本美学家冈仓天心所说："原始人向他的情人献上第一个花环，由此超越了兽性。他意识到了无用之物的微妙之用，于是进入了艺术之域。"

我想和花聊聊天

要是问叶昊旻，一个20来岁的大男生为什么玩花这么多年，他脱口而出，因为美啊。这样平白的回答，似乎也是最无从反驳的回答。

叶昊旻的连锁花店在东莞小有名气。他曾在日本学习设计，多年后回国，却一发不可收拾地爱上了花艺。2014年，叶昊旻买了一本法式自然风格的花艺书，为书中的一草一木所触动。他发现书中巴黎花艺界活跃多年的Vincent Laissard和Yumi Saito在巴黎开了插花课程，于是只身前往巴黎，拜师学艺。

花是自然界的美学大师，拥有无用之物的微妙之处，便是大自然的艺术

FLOWER SECRET

白兰花洛神慕斯蛋糕,当鲜花遇上美食,往往是演绎一场视觉与味觉的餐餐盛宴。这也是将世间最美好的两种事物进行完美融合的绝佳方式

CHAPTER 03

师傅这家在巴黎的店名叫Rosebud，里面摆满了肆意生长的草木和纸条，你不太容易发现玫瑰或是一般常见的花朵，在这里，纸条、草木、果实才是主角，花反而成了配角。

叶昊旻对花的形态、色彩有着天然的敏感。他喜欢逛花市，去各地采集鲜花及材料。几年过去，他的花束总是销量不错，而他也已经开设插花课程，教授慕名学习的学生。在叶昊旻看来，花艺师的工作，就是对花材色彩形态取舍的过程。

舌尖上绽放的花朵

还有人，将花当成食材，制成别具一格的美食。

东莞后生仔伦浩宇用白兰花，制出精致的西式甜品。他用分子料理的制作方法，将新鲜的白兰花经过蒸馏提取纯露，与碳酸钙和海藻胶混合，做成花香馥郁的白兰花露珠，和食用金箔一起点缀洛神慕斯蛋糕，美得如梦如幻。

蛋糕入口绵软，酸甜混合，花香瞬间侵满整个口腔，把感官享受推向了极致。伦浩宇的甜品，不仅是美食，更是艺术品。

"我不喜欢做人家都做的，我喜欢跨界的、看似奇怪的组合。"伦浩宇说灵感源于生活和现实，少不了自己喜欢的元素。他热衷于把传统、自然和科技元素组合在一起，形成美的艺术体验。

"我要用东莞的特色做出不一样的感觉，外表看起来是法式甜品，大家吃到的却是东莞的文化。"

花之艺

花在人类的记忆中，一直代表着生机和美。它蕴含着各种复杂的情绪和意义，出现在各种艺术形式里。人们乐此不疲地将花比喻为快乐、美丽和生命短暂的象征，对花的表达无有尽头。

莎士比亚曾说过，迷迭香能帮助他记忆。花也是人类历史记忆的一个线索。

在图案和纹饰里

敦煌壁画上的大量花树图案纹饰，表达着佛国世界的诸多信息。释迦牟尼降生于无忧树下，得道于菩提树下，涅槃于娑罗树下，传道于七叶树下。敦煌壁画就有着银杏、芒果、莲花等佛教圣花、圣树的图案。

花这样的美好之物，在全世界所有的古老建筑中都有体现。在古代希腊装饰中主要用于柱子的装饰，而在洛可可时期，不管是室内装饰，还是家具造型上，到处都可以见到凸起的茛苕叶形的主题。除茛苕叶，鸢尾花、玫瑰花等纹饰也在欧洲的建筑与居室，甚至纺织品中大量出现。

中国古代瓷器的装饰花纹，为表达吉祥寓意，大多纹饰题材也来自花朵。比如唐代人崇尚牡丹纹，金银器也常常用牡丹纹装饰。唐三彩陶器上，开始出现从波斯传入的海石榴纹，和宝相花、莲花、葡萄相配，象征着多子多福的祥瑞之兆。明清时候，流行起缠枝纹，图案花枝缠转不断，布满整个瓷器，莲花、菊花、牡丹、石榴、灵芝都被设计成这样。

中国古人衣领襟绣的花边，桌围、镜帘、围裙和小孩胸前的涎围，也常用到花朵图案。沈从文研究了半辈子中国服饰与纹饰，他提到广绣，百花百鸟也好，凤穿牡丹也好，随便一块绿底缠枝花鸟纹的广缎也好，都少不了花。"彩色缎子中的广缎，和苏绣川绣们也不同，用小小的杂花紧凑于薄地缎面上，色彩十分强烈，但花朵细碎，彼此相互吸收，形成艺术效果，有独特的广东风格，充满南国特有青春气息。"

这场恋花之旅从远古开始，壁画上盛开的花朵到东方的织锦，再到孩子围嘴上的一朵花，但还远远不够，在绘画艺术领域，花儿正热烈地绽放。

别轻蔑少年时感动过的东西

不同于千篇一律的清丽出世，画家黄永玉的荷花画得张扬，他画的是尘世里的荷花，充满了生命的欢喜。

黄永玉一有闲暇就去荷塘赏荷，用心灵捕捉，用画笔描绘，仅速写就画了8000多张。荷花的千般姿态被他描摹殆尽，荷花的万种风情被他展现无遗，蕴涵了他无限的情思。黄永玉曾说，别轻蔑少年时期感动过的东西，他独特的荷花趣味就来自幼年的记忆。

那时他去外婆家，门外就是一个荷塘。黄永玉调皮捣蛋，外婆要找他算账的时候，他就把一个高大的脚盆滚到荷塘，坐着脚盆躲进荷花深处，世界变成水中林立的高大花朵。一动不动地待两三个钟头之后，青蛙跳过来，水蛇游过来，他就坐在脚盆里观察。他的眼睛记下了丰富的光线和色彩的关系，也记下了荷花巨大的尺度。

后来他开始画荷花，画的就是当年外婆家池塘给他的感觉。循着这个记忆，成年后的黄永玉绘制了自己的荷花世界，感染了无数人。

黄永玉的荷花是个有张力的梦，可谓十万狂花入梦寐吧。

DONGGUAN FLOWERS 075

荷花（学名：Nelumbo SP.；英文名称：Lotus flower）属毛茛目，莲科，是莲属二种植物的通称，又名莲花、水芙蓉等，是莲属多年生水生草本花卉。

FLOWER SECRET | 花秘密

FLOWER SECRET

晨雾中，荷花化身凌波仙子，绝世出尘

CHAPTER 03

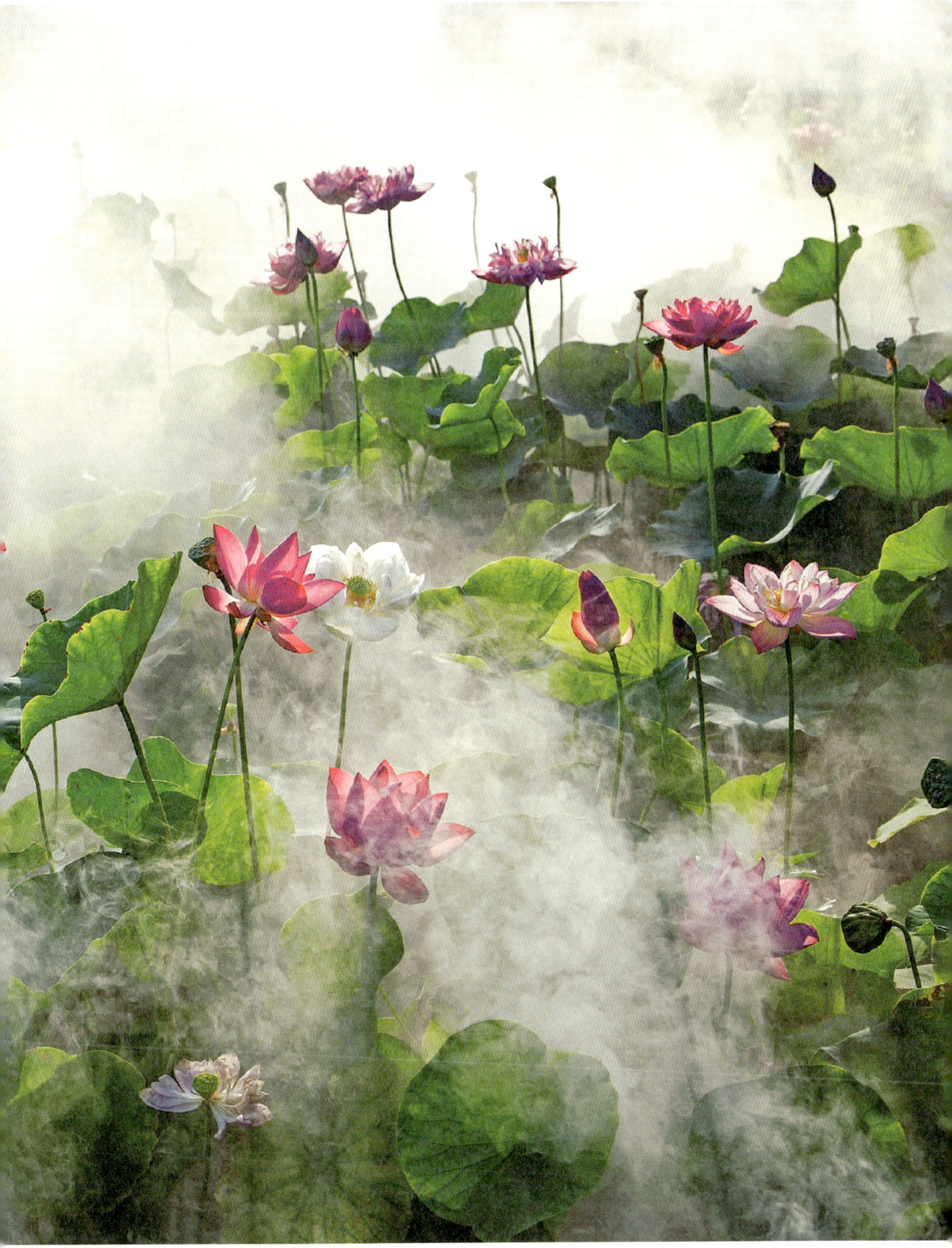

可园里的花朵

东莞可园博物馆的"镇馆之宝"清居廉十二花神图册，以撞水撞粉法绘画虾脊兰、木芙蓉、鸡蛋花、羊蹄甲等12种花卉，画面精巧细腻、妍丽清秀，"撞水撞粉之画法技艺，被运用得淋漓尽致，生动形象地表达了枝叶、花卉自然形质的特有效果"。

这些雅致的花朵，在中国近代绘画史上，有着不容忽视的位置。

可园的主人张敬修是一个雅士，喜欢结交文人。居巢、居廉是堂兄弟，两人合称"二居"，作为张敬修的幕僚，曾随其征战两广等地。在张敬修回莞休养期间，二居随之来到东莞并客居可园。

广东华侨众多，属于开放之地，与西方文化接触最多。居巢、居廉借鉴西洋画法，将写实引入传统国画的写意中，并创造了撞水撞粉法，以求其真。

在可园客居近十年时间里，张敬修及其侄子张嘉谟给他们两人提供了丰厚的物资，二居开始潜心作画。可园清新灵秀的环境，深深影响了他们的画风，这是二居绘画的鼎盛期。他们沉浸于岭南山水的情趣里，审视这里的一山一水，一花一木，一石一桥，同时精心摹写。

在长年的绘画生涯中，二居广结文人雅士、收藏家、地方政要等，不仅看到众多杰出的作品，拓展自己的艺术视域，也在上层文化圈子中赢得画名。

DONGGUAN FLOWERS 079

可园深处花香四溢

FLOWER SECRET | 花秘密

二居尤其擅长花鸟画，画了几十种花卉树木、瓜果蔬菜、虫鱼鸟兽，都极为生动。他们总结出的撞粉撞水法，令笔下所画的花鸟鱼虫栩栩如生，突破了当时文人花鸟画的范式，以创造性的独特风格，影响岭南花鸟画坛数十年。十二花神图册页就是他们的代表作之一。

　　清同治三年（1864年），张敬修去世后，二居从东莞返回广州老家，于故里筑建十香园，开馆授徒，一边潜心作画，一边开课讲学，在20余年里，培养了大批美术人才。20世纪初期广东地区约80%的美术教师都出于其门下，桃李之盛，可谓冠绝岭南，一时有隔山画派或居派之称。他们中的杰出者，如高剑父、陈树人等，日后开创了在海内外都有影响的岭南画派。而广州美术学院和岭南画派纪念馆都设在十香园附近，也是有其历史渊源的。

　　从居氏十香园画馆中走出的弟子中，高剑父、高奇峰和陈树人，秉承乃师二居的绘画宗旨，在撞水撞色新式画法的影响下，意图改革中国画，并提出"折衷中西，融汇古今"的理念，故自称为折衷派，又称为岭南画派。

　　岭南画派与京津派、海派三足鼎立，成为20世纪主宰中国画坛的三大画派。高剑父、陈树人、高奇峰并称"岭南三杰"，是岭南画派的创始人，而居氏兄弟由此被尊为岭南画派的鼻祖。可以说，居廉、居巢为岭南画派的创立奠定了基础，可园也成为岭南画派的重要策源地。

　　这个园子，走出了数位著名的画家。园中草木伸出的花枝，勾连着百余年中国绘画的风烟，越过时间，绽放在微黄的画纸上。

CHAPTER 03

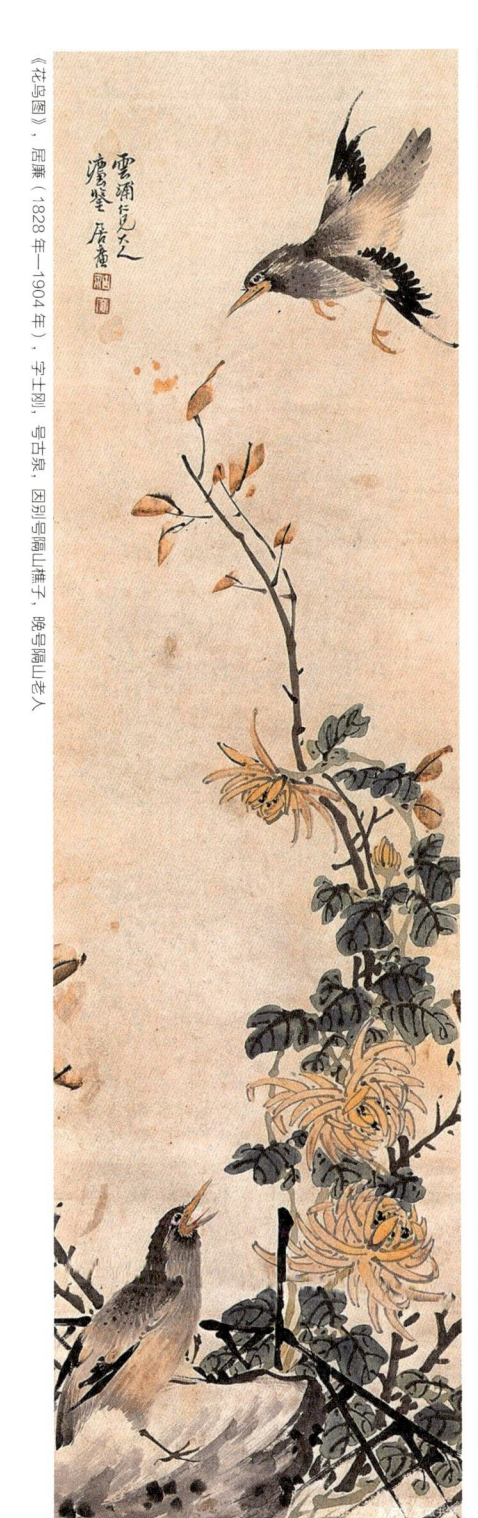

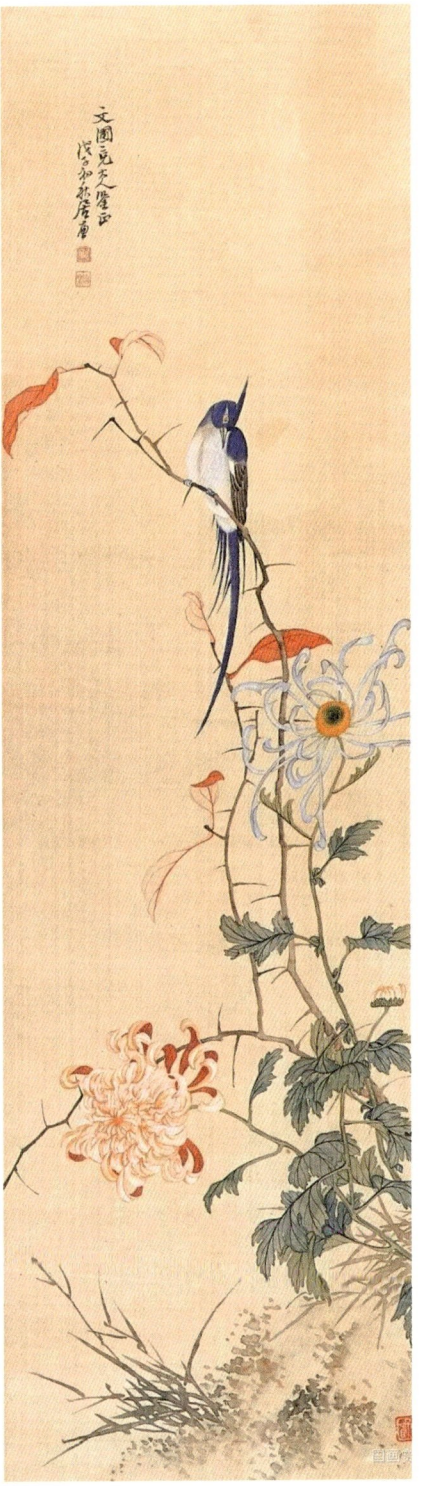

DONGGUAN FLOWERS 081

《花鸟图》，居廉（1828年—1904年），字士刚，号古泉，因别号隔山樵子，晚号隔山老人

FLOWER SECRET | 花秘密

可园博物馆馆藏《十二花神之白玉兰》

可园博物馆馆藏《十二花神之梨兰》

心在树上，你摘就是

　　花是人类共通的语言。不管时间和地点，所有文字和音乐里都有花。人与生长的环境，永远充满着鲜花的意象。

　　在《红楼梦》里，第六十三回"怡红群芳开夜宴"中，众人在行酒时抽到的花名签，包括题词和引用的旧诗，都是谒语，与姑娘们相对应。黛玉的芙蓉，宝钗的牡丹，史湘云的海棠，选入宫中的元春则是昙花，无不暗示着她们的命运。

　　日本诗人原业平的诗中写道："如果有一天，樱花不复存于世，也许我的心，才能在春天，享受片刻的安宁。"

　　世界上很多歌剧、歌曲，都大量使用花及其象征意义。从普契尼的《蝴蝶夫人》到摇滚乐与流行乐，花儿，永远饱含情绪，打动人心。

　　昆曲里人们唱"原来姹紫嫣红开遍"，也唱"一边蜂儿逐趁，眼花缭乱。一边红桃呈艳，一边绿柳垂线。似这等万紫千红齐装点。大地上景物多灿烂！"

　　原来，花儿一直生活在我们的眼睛里、耳朵里和心里。

　　大自然坦荡，花也聪慧，它们用各种方法传达自己的美和信息，颜色、气味、信息素。花开花落永远牵动着艺术家们一颗颗敏感的心。花也对浮想联翩的人类说，心在树上，你摘就是。

水石榕（学名：Elaeocarpus hainanensis Oliver），又名"水柳树""海南胆八树""海南杜英"，是杜英科，杜英属下的常绿小乔木

FLOWER SECRET

可园三角梅

CHAPTER 03

DONGGUAN FLOWERS   087

FLOWER SECRET | 花秘密

FLOWER SECRET

04

CHAPTER

情
意

花和人，都是自然的孩子。

人们热爱花朵，用其点亮自己的生活。科普教育者带孩子们观察植物的成长，花的盛开，把敬畏之心灌注进未来。唯有了解，才有感动，有了感动，才会真正热爱。

FLOWER SECRET

栀子花（学名：Gardenia jasminoides），又名栀子、黄栀子。属双子叶植物纲，枝叶繁茂，叶色四季常绿，花芳香

CHAPTER 04

DONGGUAN FLOWERS 091

FLOWER SECRET | 花秘密

FLOWER SECRET

紫荆（学名：Cercis chinensis）是落叶乔木；树皮暗褐色，近光滑；幼嫩部分常被灰色短柔毛；枝广展，硬而稍呈之字曲折，无毛。为苏木亚科羊蹄甲属常绿中等乔木

CHAPTER 04

花开有声

东莞的银瓶山上,植被底层的草本堇菜,在早春就开放了。它要赶在高大的乔木叶子长出来之前,赶快开花,吸收光线,完成繁衍大事。在这个四季不分明的城市,温度、湿度、光线、环境的微小差别,都会让植物们选择在不同时间开放。关于这一切,黄蕙英最知道。

白兰花的记忆

在清溪狮子岩,红苞木在2月会绽放。在清溪杨桥的4月,你将看到最美的黧蒴。冬春之际,紫荆花在路边姹紫嫣红,让城市也变得更优雅。东莞的四季伴随着黄蕙英的成长。

而黄蕙英最喜欢下雨了。

那时候还小,她总是盼着下雨,尤其是小雨,她穿着心爱的透明雨衣走在街上。小小的姑娘在雨里穿行,被雨水打掉的白兰花瓣挂在雨衣上。她在雨里看水从天而降,落在自己身上,和花瓣共同构成了一种奇妙的纹理。黄蕙英一颗小心脏砰砰地跳着,鞋底踩在水上,踩在花瓣上,发出轻轻的响声,像愉悦的音乐响起。她觉得这一切可真美啊。

姐姐的女儿要写作文,写不出。黄蕙英带她去走县正街,白兰

FLOWER SECRET

白兰花洁白高雅，落落大方

　　花依然在。一直从路的一头走到另一头，黄蕙英胸中涌出无数记忆与故事，白兰花还是那么美，依然保持纯洁清新和芬芳。小孩子却对黄蕙英说："这有什么可写的，我写不出来呀！"

　　是啊，现在车接车送的小孩，没有结伴上下学的经验，没有在花树下行走的感受，她们对于植物，常常很难感到亲切。

CHAPTER 04

忍冬的小巷

　　童年的东莞是色彩斑斓的，黄蕙英庆幸出生在这座南方城市，一年四季都是花开的季节。在黄蕙英的记忆里，莞城每条热烘烘的小巷里都有金银花，白色、黄色的花朵纤细自由，毫不拘束，清香四溢。在小巷里追逐打闹的小孩，也会顺手采一朵。

　　金银花这个名字在人们的印象里是疗愈的。广东人说它清热，可以泡茶，中国早在秦汉时期就用金银花入药了。

　　而它的另一个名字，忍冬，却有十足的美学意味。因为越冬不死，大概东汉末期开始，忍冬花作为纹饰就常出现在佛教画中，比喻人的灵魂不灭、轮回永生。南北朝时就更加流行了，叶片构成的纹饰沿着丝绸之路传播，对后来中国和西方的装饰图案都产生很大影响。

　　忍冬也是这样装饰着黄蕙英记忆中的东莞小巷。这些巷子里，还常有桑树。如今学校课程里常要求孩子观察蚕吃桑叶，妈妈们就很着急，城市哪里还容易见到桑树啊！黄蕙英就记得她的童年，"莞城是个小城，我们在路边就能看到桑树，也看农人养蚕"。

　　那时家人也会从水塘边摘回夜来香，放在水缸里泡着。不一会儿，整个屋子都是夜来香气。用夜来香调味做饭，大概是非常广东的习惯。现在还有饭店会这样做，和肉类一起炒，清香抵消了油腻。

干吗不放一束姜花呢

　　七八年前,黄蕙英开始用相机拍花,又过几年,还用画笔将它们画下来。一株花配上一段花语,零零碎碎竟做了600多集。一件事坚持下来,渐渐在圈子里也有了点名气,人们提起黄蕙英,就会想到,哦,那位植物迷,那位花的专家。人们见她拍花、画花都很有味道,便问她是不是有艺术专业背景。黄蕙英摆摆手,没有啊,就是用手机拍,用一支笔白描。人们感叹,就这样子啊?黄蕙英说,就这样子啊。

黄蕙英手绘作品《莞香花》

黄蕙英手绘作品《戟叶鸡蛋花》

黄蕙英坐在对面，讲起植物来，几乎是一种调情的语气来讲她的植物经。她的细腻敏感从童年穿雨衣穿过花树下就开始了。

她说，花真是值得观察啊，粗看花漂亮，你微距去看又是另一个样子，那是非常特别的世界。有一天，黄蕙英在公园里遛弯，含苞待放的文殊兰像菩萨手指那样捻在一起，她正要停下拍照，只听文殊兰“哒”的一声开放了。她顺着那条小径往前走，文殊兰一路“哒哒哒”地绽开，黄蕙英觉得自己就像一个女王，而这些花呢，像在接受她的检阅一样。

她晨练时在公园里捡回几朵鸡蛋花，有标准的黄心鸡蛋花，还有少见的粉嫩鸡蛋花，随手拿旧铁皮花洒充当花器。她说，没有什么禅意和含义，喜欢而已。一花洒的鸡蛋花，可戴可摆可食，满屋飘香。

去她家做客的朋友也感慨，其他人觉得很普通的事情，怎么放在你那里就变得很美呢。

几年前，黄蕙英来坐大巴时，总有一股空气清新剂的气味，她无意中对司机说，干吗不放一束姜花呢。隔了一段时间，再坐回这趟车，发现司机在车上放了一束姜花。黄蕙英说，好舒服哦这个姜花。司机说，是啊，一位客人提的。黄蕙英说，我就是这位客人呀。

FLOWER SECRET

鸡蛋花（学名：Plumeria rubra L. cv. Acutifolia），别名缅栀子、蛋黄花。小枝肥厚多肉。
在中国及东南亚一些国家，鸡蛋花被佛教寺院定为"五树六花"之一而被广泛栽植，故又名"庙树"或"塔树"。

CHAPTER 04

FLOWER SECRET | 花秘密

每朵花都值得珍惜

"你看外面这棵大树,树干上一圈一圈的是什么呢?"余小宁指着行道两边的大王椰问道。提问激发起孩子们的兴趣,他们仰着头,望着十几米高的大王椰,有个孩子怯怯地说,这是年轮吧?

余小宁向孩子解释:"对大王椰来说,一个圈就代表着一片叶子。老化的叶子,会像洋葱一样慢慢剥落。某一天,'唰'的一声,掉到地上。这是大王椰的叶痕,有多少叶痕,就意味着它从小到大长了多少片叶子。"

树下的孩子们恍然大悟,原来是这样啊。

路边的大自然

余小宁在东莞是个小有名气的科普宣讲者。她经常带领小朋友,走进东莞的森林和草地,认识动植物,讲述动植物之间美妙的互动。在她这样的科普工作者看来,唯有了解,才能发现自然中有趣的事。有了感动,才会爱惜生命,尊重生命,从而生出保护之心,并学会如何与自然相处。哪怕是路边的一棵树,她也能带着孩子们发现许多秘密。

东莞5月,凤凰木逐渐开花了。余小宁让孩子们辨认火一般燃

凤凰木（Delonix regia）取名于"叶如飞凰之羽，花若丹凤之冠"，别名金凤花、红花楹树、火树、洋楹等，是豆科凤凰木属落叶乔木，高可达20米，树冠宽广

烧着的凤凰木花朵。他们捡起落花细看，花朵像凤凰头，叶子细细的，像凤凰的羽毛。等花谢了，孩子们也会留意这棵曾经开着红花的大树，会向余小宁反馈，凤凰木的果实好像一颗颗放大版的荷兰豆。余小宁会叮嘱，可不能吃哦。

　　南方大街上常见到的木棉树更好玩儿。余小宁常带着一群孩子，在木棉树下一待就是一下午。她带着孩子们观察，发现木棉是先开花后长叶，大部分时候，木棉花和木棉叶总是互不相见。花期过后，地上落英缤纷，他们蹲在地上捡拾掉落的木棉花。余小宁说，即便从树上脱落，木棉花也不褪色、不萎靡，很慨然地道别尘世，所以也有人管它叫英雄花。

　　木棉花向上生长，花冠很大，蜜不太甜，正好对味觉不是很敏感的鸟类的胃口。雨后，鸟们更频繁地停留在木棉花间，为了喝大朵花冠上承接的雨水，有白头鹎、红耳鹎、暗绿绣眼鸟、乌鸫鸟……余小宁又帮助孩子们认识鸟类，但她时刻提醒，不要惊扰鸟类才好。

　　观鸟者也知道木棉和鸟的亲密关系。

　　木棉开花时，周围不仅簇拥着余小宁和这群孩子，往往还有一些观鸟爱好者。附近的居民奶奶，回家路上捡上一些木棉花，拿

CHAPTER 04

回去晒干，就可以煲个木棉瘦肉汤。

播下未来的种子

　　东莞没有明显的四季分界，落叶植物也不太多，但小叶榄仁比较特别，它亭亭玉立，一层一层，有植物春天发芽、秋天落叶、枝丫过冬的完整样子，让南方孩子们从植物身上看到了四季。

　　有时候，遇上一棵树干上开着花，孩子们会好奇——这明明是一棵植物上长着另一棵植物，这是怎么发生的呢？

　　余小宁会耐心地给大家讲：一个可能是鸟类，吃了别的树的果实，将粪便留在这棵树上，一株新的植物就寄生在此了；也可能是蚂蚁，将果实留在了树干凹槽处，外种皮吃了，种子留在这里生根发芽。

　　孩子们豁然开朗，昆虫、鸟类也会跟树发生很紧密的关系。一棵树的周围，可能就藏着一个完整的生态圈。动物在植物周围生存的作用是什么呢？树上有果实，昆虫也丰富，鸟类自然会赶来，吃树的果实，吃树上的昆虫，抑制了昆虫的爆发，同时也会为树传粉。健康的生态总是物种丰富，一环扣一环，相应的植物、昆

FLOWER SECRET

木棉花（学名：Bombax ceiba Linnaeus;Bombax malabaricum DC.）是南方的特产，木棉的花语是珍惜，寄语人们珍惜眼前的幸福，寓意美好

CHAPTER 04

虫、鸟类都会在这里生存。生态是繁荣的，也是相互联系的，没法切断。

他们走在水泥路穿过的树林里，余小宁也会提醒孩子们注意：这条普通的水泥路，已经把树林切割成两个生态圈了，路两边的物种交流都必须要经过这条路。她让孩子们想象，对昆虫来说，要穿过这条水泥路，随时都有可能被碾死，这可能就是万里长征。

余小宁说："我们是不是可以不铺水泥，不只从人的角度，而是从生态的角度出发，不切割生态，把这条路架空，给下面的昆虫留条路？"她始终认为，这些知识应该去宣传，"这些孩子就是未来城市的设计者、决策者、建设者，因为有这个知识这个记忆，会影响他们未来的决策。"

FLOWER SECRET

CHAPTER 04

木棉花掉落后,树下落英缤纷,花不褪色、不萎靡

FLOWER SECRET

宏图路花景

宏 图 路
HONGTU LU

CHAPTER 04

梧桐花开

DONGGUAN FLOWERS 109

FLOWER SECRET | 花秘密

花儿守护者

植物和人,都是自然的一部分。花儿和人相依相存,发生了无数绵延不绝的温暖故事。而这些故事,就发生在我们的身边。

是谁设计了花坛

无论什么时候从东莞市中心广场上走过,偌大的广场都挺漂亮。尤其是逢年过节,主题鲜明的花坛缤纷鲜艳,搭配各式造型的花灯,昂扬喜庆,又不乏美感。

作为一名花坛设计师,林景阳从2002年就开始负责广场上的节日花坛设计。近20年的园林设计工作中,花材色彩、姿态、品种逐渐丰富,如何体现植物的动态美、群体美,如何用灯光、山水等辅助材料,展现自然野趣,同时表达人文思想,他一直在探索。

每去一个城市,林景阳都会跑到中心广场花坛去看看,吸取经验,也常常向国外的园林、花坛景观学习。他觉得,对于花的理解永无止境。

花坛设计师不仅要懂园林,还得懂结构、机械、水电等各方面的知识。用林景阳的话说,这是一个系统工程。每年国庆和春节前,一年中最重要的两个花坛要呈献给大众,这是林景阳最忙的时候。

花坛里的花卉是否搭配妥当,直接影响观赏的效果。林景阳

中心广场花坛

　　的经验是，整个花坛的色彩布置得有宾主之分，一个色彩作为主色调，其他的色调则作为衬托。花坛的色彩也不宜太多，淡色为主，深色做陪衬，效果比较好。当然，一个花坛里得选择花期一致的开花品种，还要讲究花朵茂盛艳丽、花序高矮协调。

　　林景阳也尝试将花坛设计与传统艺术、雕塑甚至抽象派绘画结合。在一次春节主题花坛设计上，林景阳尝试现代与传统结合的思路，将可园邀山阁造型作为主景，凸显铺满鲜花的虎门大桥、浓郁东莞风情的舞麒麟、赛龙舟浮雕图案搭配本地特产水果丰收船，勾勒了一幅经济高速发展下的东莞现代城市与传统文化融合的面貌。

　　这还远远不够，在林景阳看来，花坛不仅要与时俱进，还得朝着更艺术、更环保、更节约的方向去努力。近几年，他也开始将新

FLOWER SECRET

城市绿道

CHAPTER 04

的植物材料、仿生植物材料、现代声光电技术和水体运用在花坛上，特别是LED灯将花坛夜景塑造得别开生面，让居民不仅在白天能够欣赏花坛，晚上遛弯依然能观赏城市夜景的亮点。

林景阳还记得2018年国庆前，花坛完成了一大半，台风山竹就来了。花坛刚刚搭好骨架，还没开始摆花。花架的抗风等级是8级，但山竹是12级，林景阳带着团队在台风来临之前做好了一切加固措施，直到台风来临，他们也没有离开。

台风过境时，他和他的团队就在地下通道里凑着缝去看肆虐的暴风雨，林景阳说自己有种听天由命的感觉。等台风一过，一行人赶忙跑去看，花架只是歪斜了一点，并无大碍，于是赶紧开始花坛的进度，赶上了那年国庆的鲜花展示。林景阳心里轻声说：真是好险！

台风过境后

台风山竹离去，珠三角城市里大部分植物并不像林景阳的花坛那样幸运，城中花木倒伏无数。

老罗第一时间出现在受灾最惨重的街道上，这条路的绿植是他的团队进行养护的。他们连夜处理拦腰折断的树木，手起刀落锯断枝干，迅速清理路障。老罗心里焦急，在保证清出道路的前提下，他准备尽可能重新扶正和重植那些尚未死去的树。不然，太可惜了。

FLOWER SECRET

东莞南城元美公园马鞭草

CHAPTER 04

花朵绝艳，花树娉婷，人们从没停止对花儿的观察和审美

和老罗一样，南建勋看在眼里，痛在心上。只有他清楚，这些连根拔起的大树，已有几十年的树龄，一直在默默守护着这个城市。哪些树要清出回收再利用，哪些树还可以重新种植，也要在台风过境后的几小时内做出决定。

像南建勋和老罗这样的城市绿色守护者，本能地觉得，这座城市里的每棵树、每朵花都与自己有关。南建勋是湖南人，早先在老家的生活稳定而优渥，偶尔来东莞旅行，有次遇到企业招工，他直接去尝试了一下，就决定辞掉老家的工作，留在东莞。

他一直喜欢花草，在东莞的第一份工作，就是为这座城市当园丁。他的主要工作是用植物布置街头巷尾，修剪树枝花枝、施肥打药，有的树病重，他还充当树医生。南建勋做了好几年的园林养护工作，照顾植物已经变成他生活的一部分，开花植物要让它在最合适的时候开花，草坪要像地毯一样浓绿，秀造型的植物要保持最好的形状。

他也一直在琢磨，怎样才能让街道的绿化达到最佳的视觉效果。常见的路边乔木，一个月就得修剪两次，一个工人一天只能修剪五六棵树。而且，树木也不是一次修剪成型的，要一边剪一边长，经过好几年才能慢慢磨合出理想的形态。从绿化到美化，不仅南建勋要学习，他的团队也需要学习。

如今，南建勋已经带着几十人的团队为这座城市打理园林绿

DONGGUAN FLOWERS

东莞大道上绿树环绕，繁花似锦

FLOWER SECRET | 花秘密

FLOWER SECRET

花儿表达着各种复杂的情绪和意义，它是美，是快乐，是生命的张力

CHAPTER 04

化，有很长一段时间，东莞大道的植物都是由他的团队打理。东莞大道北起旗峰门前，南至石鼓高速公路入口，是进入东莞市区的门户。宽广笔直的东莞大道，绿树环绕，繁花似锦。细看道路的绿化，已形成以乔木为主，灌木、草花、草坪相结合的复层植物空间结构，每段路在不同的季节竞相绽放不同的花色。

东莞大道一共用了上千种植物，要保证这些植物健康生长，在不同的季节开花、不同的季节落叶，不至于某个时间段无景可看。同时这些植物还必须适合当地的水土气候，长成后相互搭配，经过修剪可以构成高低错落的景观。还得够皮实，受得起经年累月汽车尾气的攻击……在植物的选择上，也要下不少功夫。

东莞大道的绿化景观还进行了升级改造。以前的东莞大道绿植偏多、花卉偏少，为了给城市增加色彩，特地种植了不少新品花卉，如欧洲月季、同安红、进口大红花和矮花百丽紫薇等。

南建勋性格开朗，不拘一格。他时常说，植物改变了他的性格。植物像一位老友，清凉幽静，不说不闹，过去他经常很暴躁，但跟植物相处久了，心性也有了变化，变得稳重温和。去外地旅行，他也盯着当地的植物看。曾有一次在别的城市，他发现路边的树显然生了虫害，走近一看，就判定是椰心甲虫。他找到当地城管部门的电话打过去，把自己多年医治椰心甲虫害的办法告诉对方，让当地城管部门也十分感激。

南建勋自觉暖暖的，救活一棵树，意味着比工作更多的意义。

FLOWER SECRET

格桑花又称格桑梅朵。在藏语中,"格桑"是"美好时光"或"幸福"的意思,"梅朵"是花的意思,所以格桑花也叫幸福花。格桑花花形娇美,容易栽培,故而在东莞广泛种植

CHAPTER 04

DONGGUAN FLOWERS 121

FLOWER SECRET | 花の秘

四季有约

被鲜花滋养的城市，一定是滋养人心的城市。城市中的人，得以在城市的花草间享受生活的甘饴。当四季盛开的鲜花成为城市的颜色，这里的人们内心世界也一定是生机盎然的。

东莞就是这样一座城市。

花海中的城市

岭南的春天，总是来得早，走得急，但是花儿开得认真，一丝不苟地填满城市的每个角落。

蜂吟蝶起花间舞，笑沐春风看花醉。从松山湖百花洲、石碣的油菜花海，到塘厦的龙背岭花海和林村社区农业公园花海，再到桥头的七彩花田。在东莞，每临春季，多个花海次第绽放。

松山湖梦幻百花洲是一个花卉主题公园，每逢春季，这里成了花的世界，姹紫嫣红，美不胜收。格桑花、太阳花、紫罗兰、洛阳花……各色花卉竞相绽放，演绎着与众不同的绚丽。

石碣，起航广场内近2万平方米油菜花开的时候，放眼望去，遍地金黄，整个花海宛如一幅油画，漫步其中，花香与泥土的芬芳扑面而来，令人心醉。

塘厦龙背岭花海大面积种植波斯菊，搭配野牡丹、睡莲、蓝雪花、马缨丹、矮化翠芦莉等，加上柳树、早樱花、晚樱花、日本樱花、三角梅等各种观赏树木，成为一幅美丽画卷。

CHAPTER 04

塘厦龙背岭花海

桥头七彩花田,色彩缤纷的波斯菊、金灿灿的油菜花、清新淡雅的鲁冰花……连片的花田构成了一幅绚美的春之锦图。

横沥村头村百亩格桑花田,远远望去,就像粉色、紫色交织的地毯。格桑花一朵朵、一片片,淋漓尽致地开放,粉的、白的、红的、紫的,争奇斗艳,微风拂过,众芳摇曳,远远望去,宛如一张天

桥头七彩花田

然的彩虹地毯。

……

这是东莞春天的颜色，也是一个城市的生活色彩。

FLOWER SECRET

东莞松山湖高新区，花朵是最明艳的元素

CHAPTER 04

华阳湖格桑花海

FLOWER SECRET

CHAPTER 04

东莞松山湖高新区

红花荷（学名：Rhodoleia championii Hook. f.），金缕梅科红花荷属常绿乔木，高可达12米，头状花序长3-4厘米，常弯垂

山花更浪漫

除了街头巷尾的鲜花，人们来到山野，会惊喜地发现，分布在东莞各处的一片片彩色林，也如期带来了春天。

近年来，东莞打造国家森林城市，不断有新建成的森林公园与湿地公园融入市民生活，每到花季，东莞的"彩色森林"刷爆了朋友圈。

银瓶山森林公园谢岗景区有3000亩野生红花荷群落。在登山步道，抬头就看到道边的红花荷簇簇满树，绿叶掩映之中，红花挂满枝头，微风掠过，有花瓣飘落。

红花油茶（学名：Camellia Chekiangoleosa Hu）是山茶科山茶属植物，小乔木，高6米，嫩枝无毛

　　大岭山森林公园的彩色林新种彩色开花树木16多万棵，主要包括黄花风铃木、蓝花楹、美丽异木棉、宫粉紫荆、凤凰木等，彩色植被主要包括蜘蛛兰、红檵木、美人蕉等。一年四季都有花开，不同季节景观各异。

　　在东莞市中南部，横跨大朗镇、黄江镇和省属樟木头林场，生长着广东省迄今面积最大、岁月最长，全省独一无二的红花油茶森林景观。规划中的红花油茶市级森林公园将成为在松山湖科学城工作的科学家、高素质人才以及周边镇街市民休憩、运动的"生态后花园"。

FLOWER SECRET

黄花风铃木（学名：Handroanthus chrysanthus (Jacq.) S.O.Grose）是紫葳科、风铃木属落叶乔木，高可达5米，春季3-4月开花，先花后叶

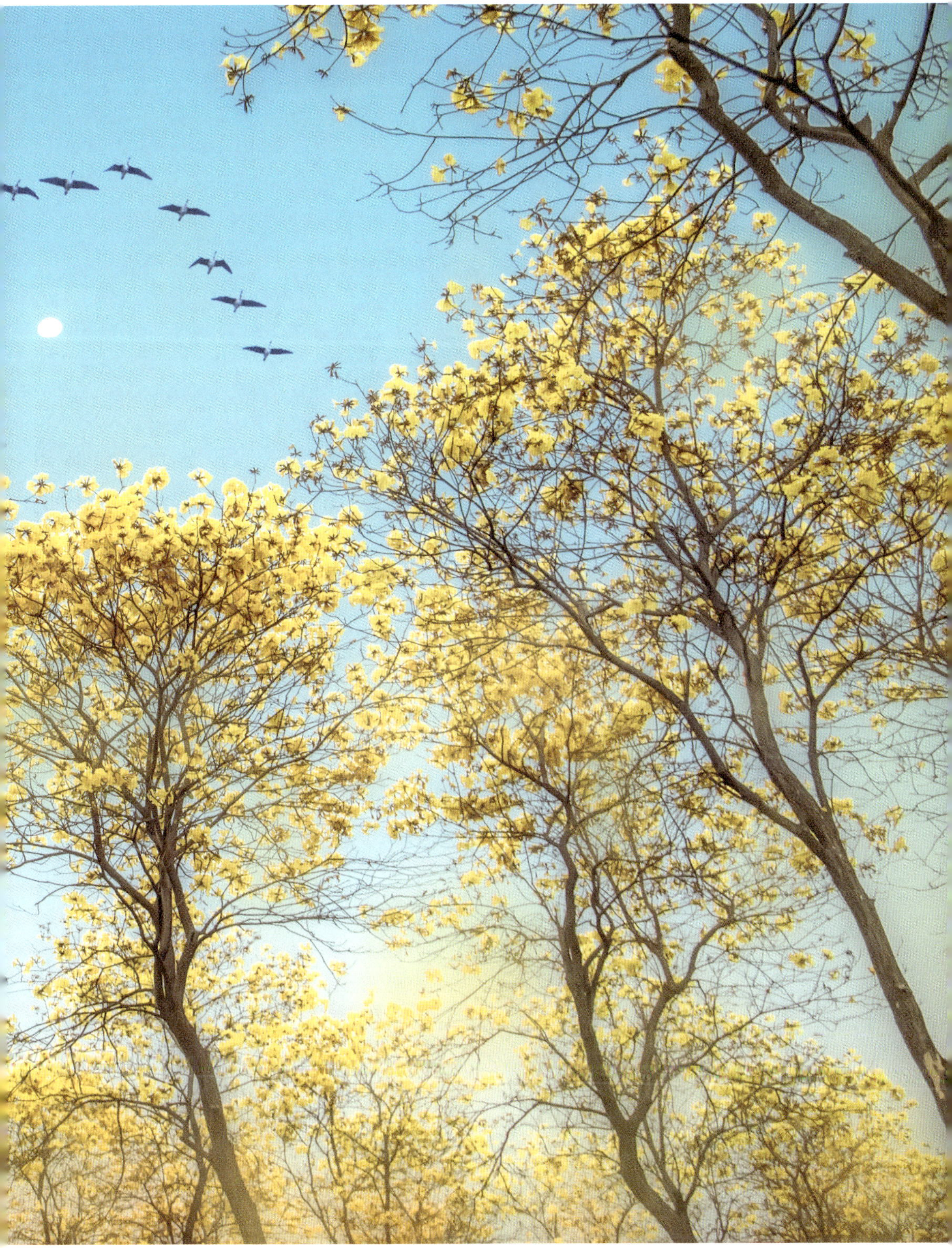

FLOWER SECRET

茶花（学名：Camellia sp.），又名山茶花，是山茶科，茶花有不同程度的红、紫、白、黄各色花种

梅（学名：Armeniaca mume Sieb.），小乔木，稀灌木，高4-10米，花瓣倒卵形，白色至粉红色

CHAPTER 04

花与人

在东莞，除了春季，其他时候也一样少不了花朵的美。

夏季漫长而炎热，到了桥头莲湖、麻涌华阳湖，成片荷花盛开，清风拂过，送来阵阵荷香，让人暑热全消。

而到了冬季，南城水濂湖环湖步道是一个赏梅的绝佳之处，环湖行道旁，一丛一丛的梅树花开正好，远看如云蒸霞蔚，走近有暗香萦怀。清溪大王山公园梅花怒放的时候，放眼过去，梅花色如白雪，挂满山头，暗香浮动，繁花似锦。石排镇木兰园，占地近2万平方米，大红运玉兰、富贵红玉兰、亮叶木莲、飞黄玉兰、广东木莲、海南木莲等，与红石山一起，形成一片美丽的山色胜景。

如此盛景，自然少不了赏花人。每到花季，热爱生活的莞人不惜远道而来，扶老携幼，徜徉在花海之间。他们赏色、闻香、识花、拍照。他们谈笑风生，嬉戏玩耍。他们与花朵交融在一起，与城市厮守在一起。

花与人，人与城，就这样织就出无比美好的图景。

山湖林海，花开四季。

生活在东莞，你能赏到四季花海。行走东莞镇区，触目皆繁花。

这也是城市给予人们的最好的礼物。

FLOWER SECRET

CHAPTER 04

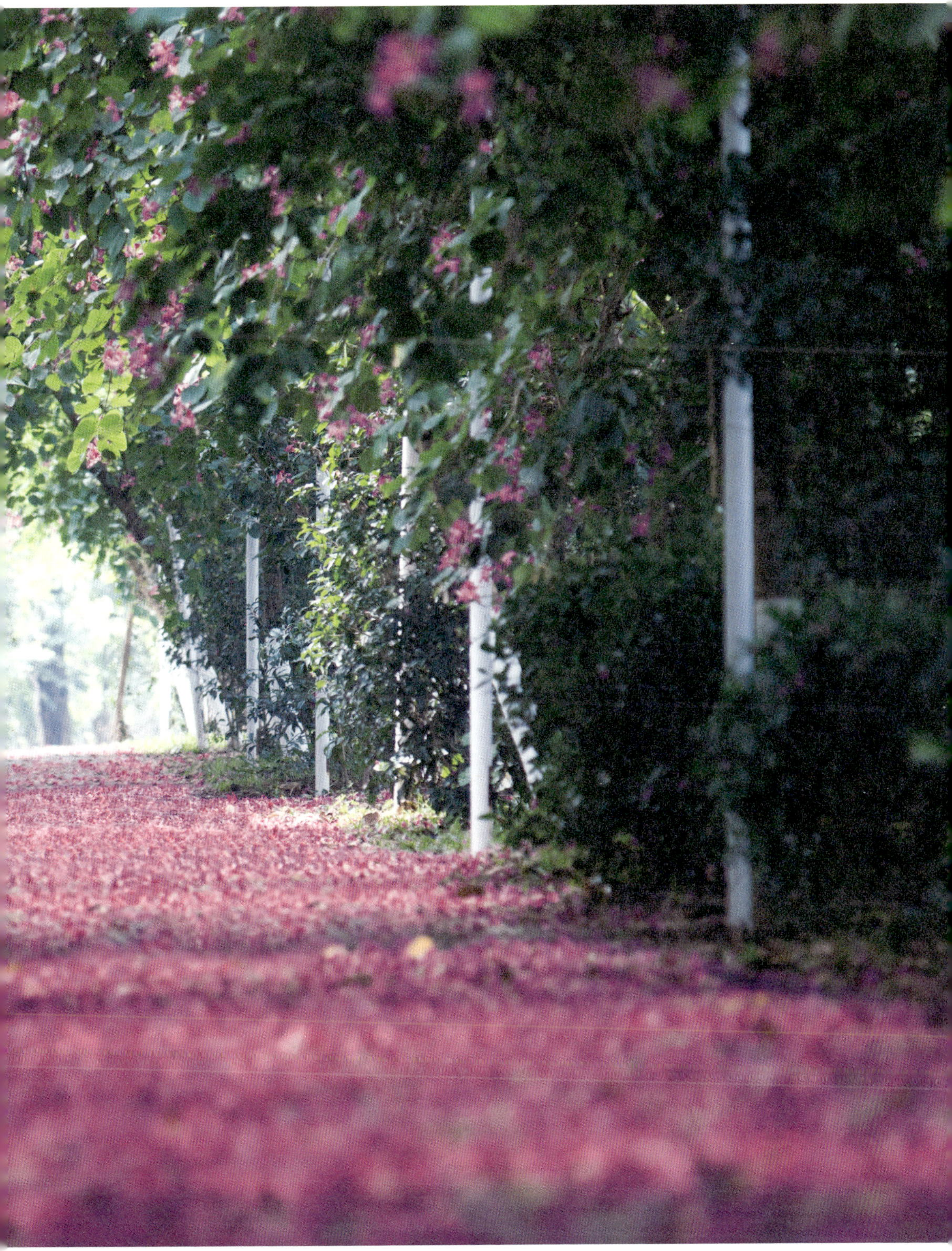

FLOWER SECRET

05

CHAPTER

答案

从人类的角度，也从植物的角度，营造一个适合多样物种生存的空间，才能保持生命的和谐。为了研究、保护和教育，500年前人们开始建立植物园。

在一半面积都是绿化的城市，每一棵树、每一朵花都能找到自己的家园。

FLOWER SECRET

CHAPTER 05

东莞植物园

植物园是怎样建成的

"大多数博物馆收藏稀世珍宝，却总有一种衙门的味道。"奥尔罕·帕慕克在《纯真博物馆》中写道。他所追求的博物馆像小说一样，诉说纯真，让人快乐。植物园就是这样一种存在，植物们无阶级、无等级，对权力不动声色，它们只关心土壤与天气。

在荷兰莱顿植物园，盛开了全球第一朵郁金香；在英国邱园，有5万多种植物，馆藏了700万份植物标本；在南非开普敦克斯坦博西植物园里，2万多种本地植物在生长。

你可能不知道，16世纪之前，人类栽培植物大多为了实用，不是纯粹观赏与学习，更没想过要建造植物园让普通人进来逛一逛。那么，植物园是怎样发展而来的？

植物园的历史

16世纪，现代园艺才正式走上世界历史的舞台。早期也有人在园子里种植植物，但大多是草药学者们。16世纪后半叶，许多植物学者开始以探索、发掘新植物或珍奇植物为目的进行旅行。英国贵族时兴在自己家里兴建花园，有钱的商人也满世界搜集植物——与贵族们搜集世界奇珍异宝放在家中处于同一时期，那是个好奇心爆棚的时代。之后，公共博物馆和公共植物园才慢慢出现。

英国国王亨利八世就是英国趣味园艺的开创者之一，他让派驻欧洲各地的使节搜集大量的植物种子和苗木。被称为英国植物学之父的威廉·特纳，曾在意大利博洛尼亚大学首创植物学的课程，并在此基础上对医学进行研究，在当时的意大利，医学还属于植物学的范畴。这便是植物园的雏形。

英国皇家植物园邱园是植物园界公认的大佬。它坐落在泰晤士河畔，已经有200多年历史，原本是英国皇家园林。园中有约5万种植物，约占已知植物的1/7，目前是联合国认定的世界文化遗产。

邱园内建有26个专业花园，水生花园、树木园、杜鹃园、竹园、玫瑰园等。邱园还有世界上最丰富的植物学参考书籍，图书、手稿和期刊等共有50多万册，涉及语种90多种。2000年，邱园建成千年种子库。作为世界上最宏伟的植物保护项目，工程投资达8000万英镑，目的不仅是储存英国本土的植物种子，还收集保存了全球24000份重要和濒危的种子。中国也积极参与到千年种子库计划中，截至2012年，中国已经贡献了247个登记数的种子，其中不少是中国特有的物种。

身边的植物园

全世界150多个国家里，分布有2400多个植物园。

一个现代的植物园，不仅是收集、展示植物的场所和科学研

究机构，还承担着为社会提供科普教育的责任。虽然植物园在布局和收藏上会考虑到美学形式，但科学价值是首要的，这大约是它与普通园林的最大区别。

　　东莞植物园就坐落在城市的中心地带，西南面是水濂山水库，东边是同沙生态公园。通过城市绿道，这座植物园将城市的绿脉相连，组成城市呼吸的绿肺。

　　园子里奇花异草众多，拥有众多从世界各地收集和引进的珍贵花卉。按现代植物园的规划建成名树名花园、岩石园、荔枝园、莞香园等12个植物专类园，极大丰富了植物种类和景观。这个植物园仍在扩大，现有植物种类3000多种，是名副其实的植物宝库，游览面积达2000多亩，超过200个标准足球场大小。名树名花园内可以看到众多"花境"，一组花境由30~40种花草组成，大的花境甚至有超过80个品种的植物，模拟自然界中林地边缘地带多种野生花卉交错生长的状态，杂而不乱，自然中透出本真的美。

　　华南农业大学中国荔枝研究中心就在东莞植物园的荔枝园。荔枝是岭南名果，东莞素有荔枝之乡的美誉，所产荔枝被誉为"岭南第一品"。每年二三月份，浓绿的枝头挂满簇簇花絮。仔细端详就会发现，荔枝花没有花瓣，虽然没有欣赏价值，但含糖量极高，很多荔枝果农都会养蜂，每逢花开的季节，荔枝花依然会吸引来许多访客，东莞的荔枝蜜也是远近闻名的。其中，清溪镇的荔枝蜜酿造技艺已有上百年历史。上等荔枝蜜颜色多为琥珀色，芳香馥郁，带有浓烈的荔枝花香味，自古就是东莞主要产物之一。

荔枝花

FLOWER SECRET

壳香果

壳香花,似桂花般小巧玲珑,颜色淡黄,味道芳香

壳香树

CHAPTER 05

莞香，又名土沉香、白木香。自古因东莞出产的沉香品质最佳，故名莞香，莞香树也是唯一以东莞地方命名的树木。植物园内的莞香园约3公顷，收集了不少沉香属植物。四五月，岭南已是初夏，莞香树便会开出小小的黄绿色花朵，几朵或多朵结成腋生伞形状花序，花香怡人。

植物园内的兰花园，占地约1万平方米，展示了拥有"植物大熊猫"之称的云南火焰兰等名贵兰花以及有"千年仙草"之美誉的铁皮石斛等100多种配景植物。火焰兰花色如火焰般绚丽，细叶颚唇兰则散发出咖啡味道的清香，让人心旷神怡。当展览温室的喷雾开启时，整个温室越发神秘起来，各种兰花在雨雾中若隐若现，让人犹如置身世外桃源。

一年四季，你都可以在这里找到不同的景观。每年3月，杜鹃园正值花开，云锦杜鹃、猴头杜鹃等各类杜鹃花科的原生种集体亮相。岩石园起源于欧洲，4月时你来到东莞植物园，可以看到丘陵、岩崖、碎石陡坡上生长着岩生植物。而在儿童植物园，孩子们在迷宫花园和瓜果蔬菜区里一边玩耍一边了解植物的秘密，在游戏中逐渐意会，一座植物园是如何建成的。

东莞植物园

DONGGUAN FLOWERS 149

FLOWER SECRET | 花秘密

生长是最好的保护

当今世界上，许多植物物种大幅度减少的速率，超过了历史上的任何时期。

人类活动愈加频繁，物种、环境和生态系统正在遭受严重的侵蚀。野生动植物栖息地遭到了破坏，全世界很多珍稀动植物都处于濒危状态。据世界自然保护联盟（IUCN）统计，平均每年有2000个物种从地球上消失，目前世界上已知的30万种高等植物中，有2万种处于濒危状态。

国际植物园保护联盟（BGCI）是世界上最大的植物多样性保护机构，也是三大环保组织之一，在中国启动了8个植物多样性保护项目，并将目光投向东莞。

在自然条件优越的珠三角，植物多样性生长。优良的自然条件大约也是BGCI选择东莞的原因之一。在东莞市林业局与BGCI的合作中，将珍稀树种伯乐树移植到100多亩的实验基地中，帮助其适应环境，繁衍后代，用这种方式对伯乐树进行保护。

据《东莞植物志》记载，本土珍稀野生植物有100多种，包括广东五针松、三尖杉、短萼仪花等珍稀濒危植物，还有红花荷群落、莞香群落、野生兰花群落、润楠群落等罕见的植物群落。

这些珍稀植物都在哪儿？林业专家说，都在东莞各个森林公园里。

短萼仪花（学名：Lysidice brevicalyx Wei）是豆科、仪花属乔木，高可达20米，小叶近革质，长圆形、倒卵状长圆形或卵状披针形，圆锥花序，花形饱满优美

　　东莞对生态环境的保护力度有目共睹。早在2008年，东莞就划定了生态控制红线，东莞总面积为2460平方千米，其中1103平方千米划为绿地，占整个城市面积近一半。这意味着，在东莞，市区周围都是绵延不绝的绿。

　　东莞将一半土地分给植物，使整个城市栖息在森林的怀抱里。

　　华南植物园的植物学家曾对东莞珍稀濒危植物做过调研，银瓶山、清溪林场和樟木头还分布着植被良好的沟谷雨林和常绿阔叶林。当人们走进银瓶山，沟谷纵横，瀑布众多，苏铁蕨、白桂木、莞香树以及各种各样的兰花种群规模可观，十分罕见。广东省面积最大、数量最多的短萼仪花就在清溪林场里。

　　保护这些稀有濒危植物，最常采用的方法就是就地保护。就地保护就是将濒危植物所在的区域划为保护区，对生长的自然环

FLOWER SECRET

粉蝶饶枝头紫粉相间、繁花似锦，微微曲卷的花朵如起舞女子般姿态万千。

CHAPTER 05

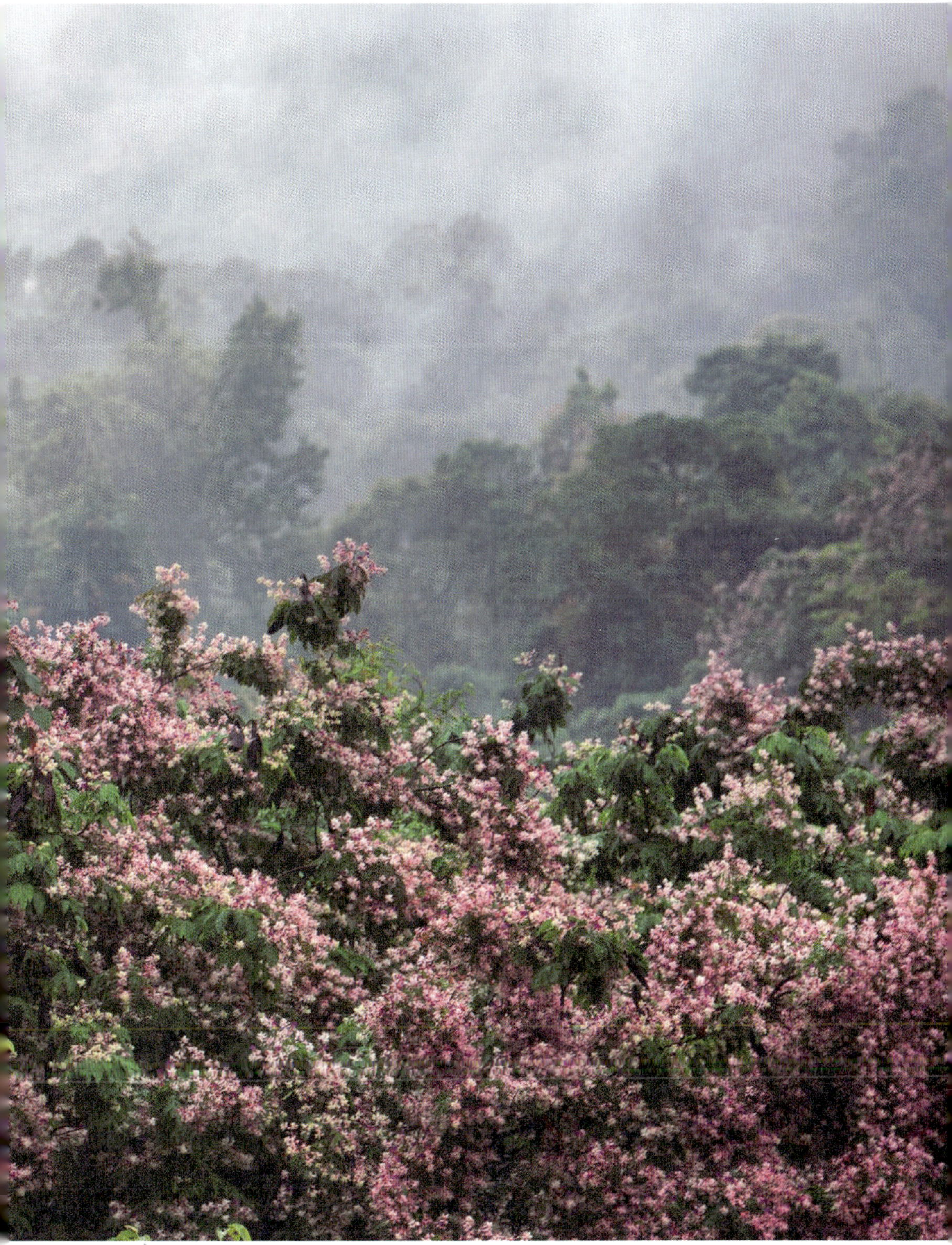

境进行整体保护。这种保护方式是对景观、生态系统、物种和遗传多样性等各个方面最有效和最充分的保护方式，是保护极小种群野生植物的根本途径。银瓶山上，就能看到不少隐藏在树丛中十分低调的珍稀植物，人们在十几米外的行道上来来往往，可能都发现不了。植物学家们采取看似放任的方法，减少人为活动的干扰，保护它们的生长。

2020年5月，东莞厚街镇村民在大岭山的密林间，竟发现了成片珍稀野生无叶兰花，数量约有十多株。经兰科专家确认，这是野生兰科美冠兰属无叶美冠兰，是国家二级重点保护野生植物。这种兰花是腐生植物，无绿叶，要求生长环境空气湿度大，土壤疏松肥沃，还要有特定共生真菌才能生存，又仅靠绿彩带蜂传粉繁殖，故而非常稀有。这片无叶美冠兰，生长的环境比较隐蔽，植物保护单位就采取就地保护的原则，不会向外界透露详细位置。

另一种方式叫近地保护，指的是对分布点狭窄、生存环境特殊的极小种群野生物种，通过人工繁殖，选择附近生长环境相似的自然或半自然地段进行定植管护，逐步形成稳定种群的保护方式。

在大岭山森林公园深处，丛林密布，不经植物学家的指点，恐怕很难知道这里就是东莞首个植物科普园。这里引种了珍稀植物近200种，共4000多株，还有国家保护级别的64种植物，如凹脉金花茶、水松、水杉、伯乐树等。

还有一种方式叫迁地保护，指的是把生存和繁衍受到严重威胁的种类，通过人工繁殖，迁移到苗圃、植物园、种质资源圃中，保护其种质资源。

无叶美冠兰（学名：Eulophia zollingeri (Rchb. f.) J. J. Smith），腐生植物，无绿叶，花葶粗壮，褐色，自下至上有多枚鞘；总状花序直立，花褐黄色，花瓣倒卵形，先端具短尖，花期4-6月

FLOWER SECRET

CHAPTER 05

香蕉花中的雄花蕊。香蕉花内由雌性花、雄性花、中性花共同组成，雌性花的子房在授粉后，会长成所食用的香蕉，而一棵香蕉树一生只有一个香蕉花花蕾

花知道答案

近年来，黄花风铃木这种原产南美洲的植物，成了东莞的网红花。黄花风铃木开花，就意味着春天来了，因此有"风铃报春"一说。3月的东城新源路上，黄花风铃木被春天唤醒，几乎在一夜间燃烧起暖黄色的花团。风铃木花朵簇拥成团，傲立枝头，远看简直是满城尽带黄金甲，近看又是花朵娇弱，风铃摇曳。

在东莞，只有极少树种可以随着四季变化而变换风貌。黄花风铃木高高伫立，树冠呈伞形，形态优美。春天开花时，心无旁骛，集全部精力生长成一树繁花，直到花落才开始长叶；夏天嫩芽满枝丫，接着是翅果纷飞；秋天枝叶繁茂，一片葱葱郁郁的绿色；冬天，黄花风铃木会枝枯落叶，给南国带来了北方苍凉的感觉。春华、夏实、秋绿、冬枯，开花的树木给东莞的四季带来缤纷的色彩。

吾心安处是吾乡

像黄花风铃木这样，从南美洲漂洋过海扎根的故事并不是孤例，来自世界各地甚至地球另一边的植物，只要遇到合适的水土、气候便会扎根下来。如同那些来自世界各地的人们，漂洋过海扎根东莞一样，这里有包容的土壤，亲和的气候，让各种物种甚至人类都愿意安居。

夏初，凤凰花开了。远看，花朵像火一般燃烧着。事实上，来自热带地区的凤凰木已经在东莞生长了上千年。

还有来自北方等地的花木，也移居于此，顽强地克服了水土不服的问题，生存下来，比如鹅掌楸这种中国特有的珍稀植物。这种落叶大乔木能长到40多米高，胸径1米以上。它原本生活在陕西、安徽以南，后来逐渐种植到长江以南和岭南地区，因为适应能力强，又极具观赏性，在东莞也成活下来，颇受人们喜爱。

来自海南的琼棕，也在这里生活得很惬意。琼棕是濒危树种，原本生活在热带地区，是海南的特有树种。迁移至东莞后，连林业专家也没料到它们长势能那么好，不仅在这个亚热带城市活了下来，还会开花结果。安徽、云南、福建、台湾等地的格木、闽楠、三尖杉、穗花杉等稀有树种也能在东莞见到。

春天，厚街文化公园的600株樱花全部盛开，有的呈粉红色，有的呈白色；有的花朵挂满枝头，丝毫不掩饰自身的美；有的则在绿叶的掩映下娇羞露脸，犹抱琵琶半遮面，正含苞待放。

FLOWER SECRET

CHAPTER 05

东莞街道上的黄花风铃木

花朵中的城市

  首都师范大学教授汪民安说:"植物一旦大规模地占据了城市,城市就有了外在形式上的变化:灰色、固化和硬朗的城市,就充满了软弱、可变性和色彩。植物对城市建筑的僵化和硬朗形成了一种平衡。"

  全球气候最突出的变化是温度上升,虽然这个过程非常缓慢,但植物已经敏锐地调整自身的生理活动来适应这种气温变化。植物通过蒸腾,向环境中散发水分,从环境中大量吸热,给城市增湿降温。尤其在夏季,植物重新塑造了小气候,让人们生活得更凉爽舒适。

  2019年北京世界园艺博览会上,大师展园在建设时力求展现植物和生态的结合,希望能借此传达先进的理念,即用最小的资源消耗来做植物景观,并符合生态发展以及生物多样性理念。植物大师们共同的声音是:"植物的可持续发展。"

  花朵于城市的意义,并不仅仅是美和生态。2020年,东莞举办"漠上花开"以色列花卉艺术展暨东莞-霍隆友城展,市民能欣赏以色列名师的花卉摄影作品和雕塑作品,以及感受以色列花卉品种朱顶兰的美。以花为纽带，两个相隔遥远的城市生出延绵不绝的友谊，在经济、文化、科技等领域展开密切合作。花朵以跨越空间、文化和种族的美，将全世界的人们紧紧连接在一起。

　　街道上应该种什么树，种什么花，如何以最美最节俭最环保最自然的方式去实现，全世界都在探索和学习，东莞也不例外。

　　如今的东莞街头，外来的优良花木越来越多。你不必去日本看樱花，也不必羡慕南美的黄花风铃木，全球的花木，许多在东莞落地生根了。

　　用世界各地的花朵装扮城市，让花与人在城市和谐共生，东莞给出了满意的答卷。

FLOWER SECRET

孩子们在老师的带领下贴近自然，与花朵亲密接触

CHAPTER 05

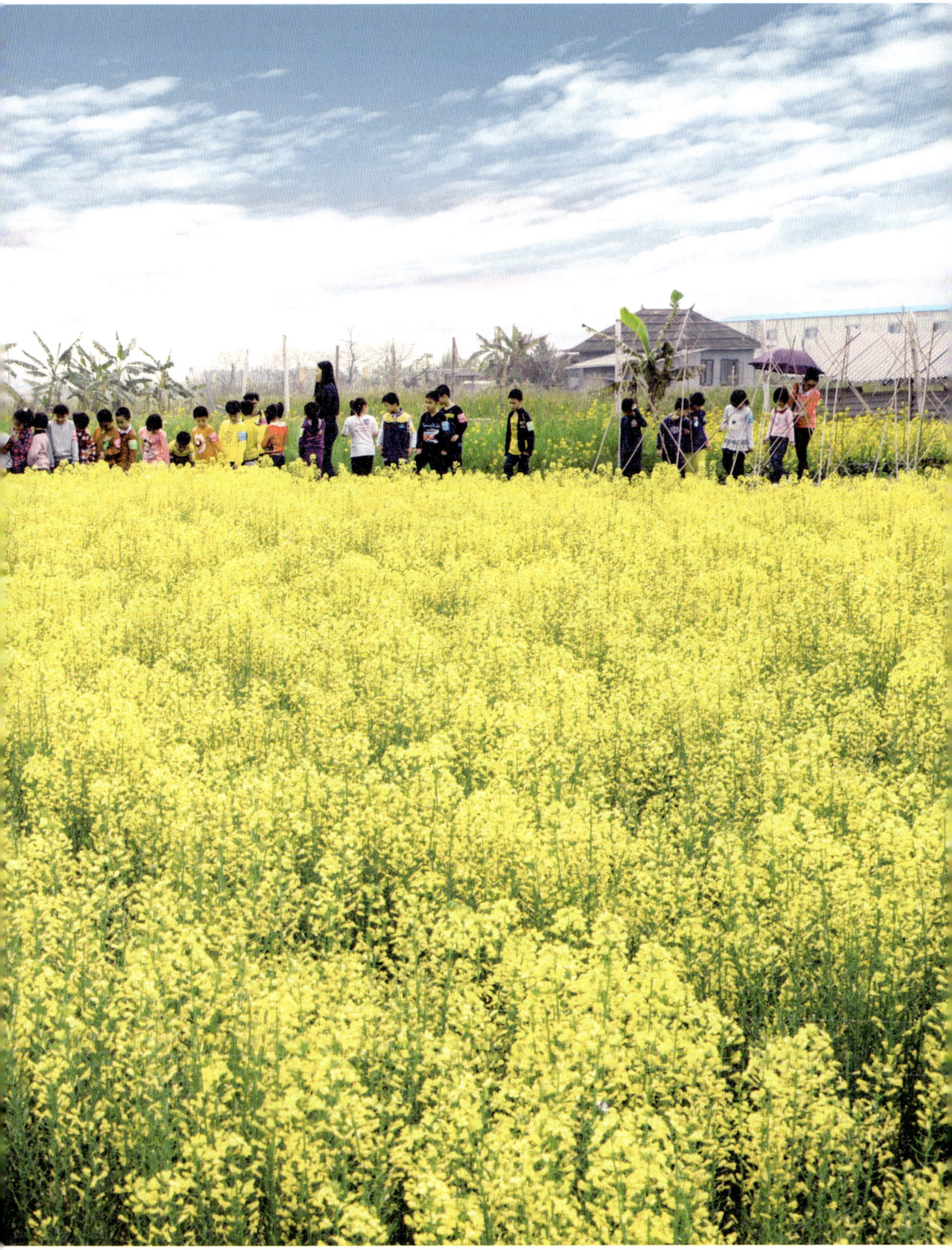

FLOWER SECRET

松山湖溪流背坡村

CHAPTER 05

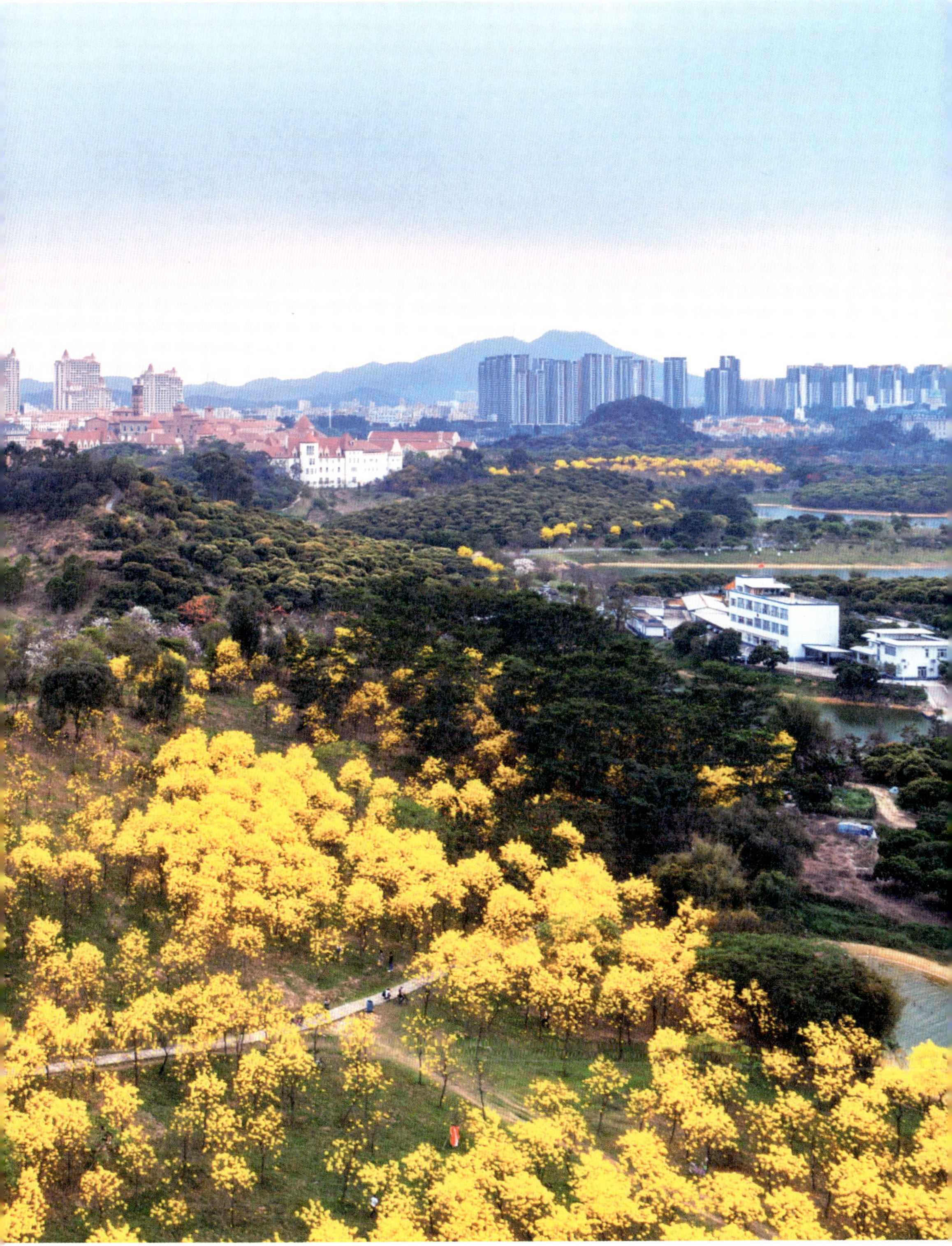

FLOWER SECRET

东莞滨海湾新区，花朵用美好的生命装点城市

CHAPTER 05

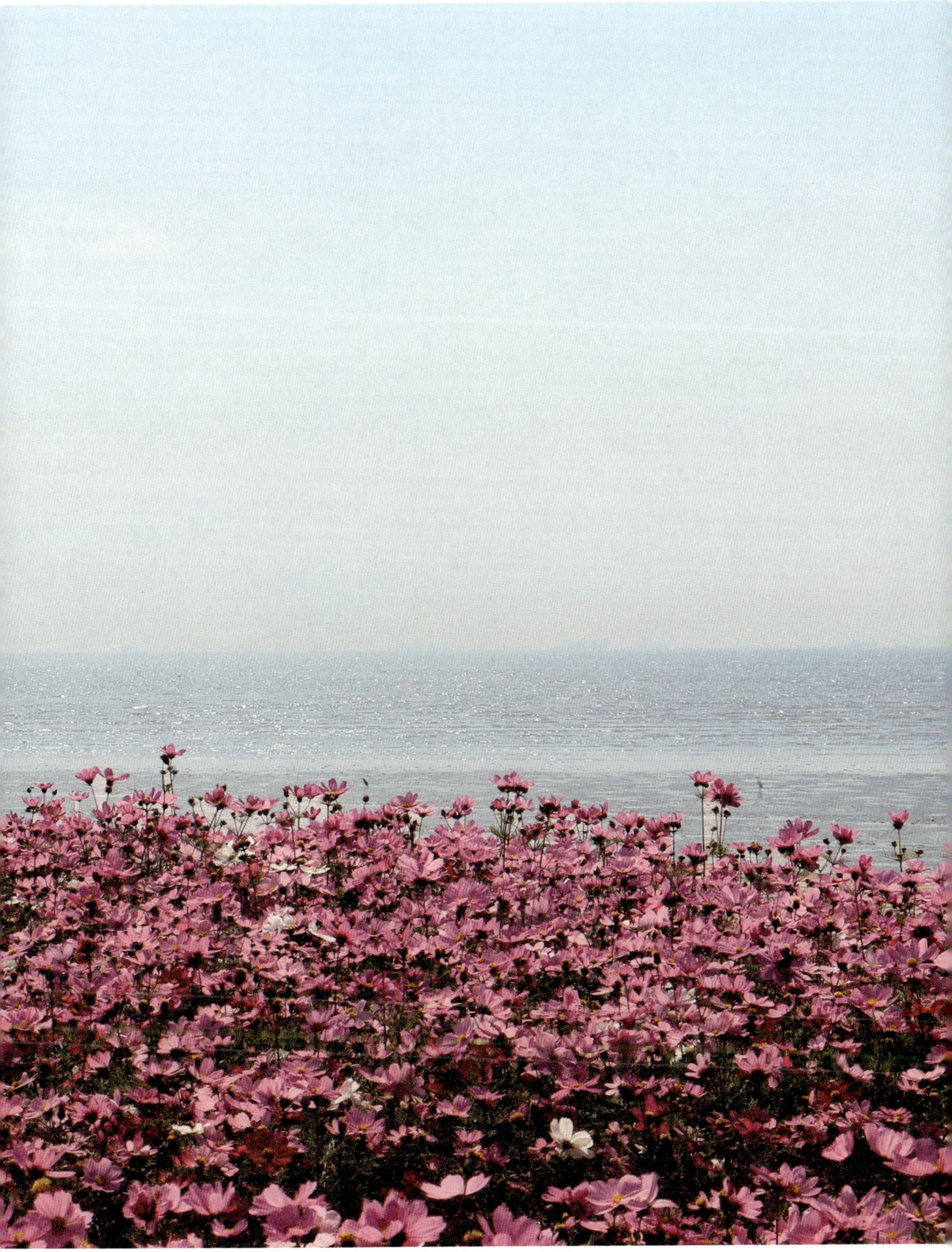

FLOWER　SECRET

图书在版编目（CIP）数据

花秘密 / 杨晓棠 主编 . — 南京：江苏凤凰文艺出版社，2021.11
ISBN 978-7-5594-5380-8

Ⅰ.①花… Ⅱ.①杨… Ⅲ.①散文集－中国－当代 Ⅳ.① I267

中国版本图书馆 CIP 数据核字 (2020) 第 222479 号

花秘密

杨晓棠 主编

副 主 编	李翠青
撰 稿	艺文
责 任 编 辑	姜业雨
助 理 编 辑	张婷
特 约 编 辑	叶晓平 吴建勋 欧阳钰婷
图 片 提 供	中共东莞市委宣传部 马锦清 方尔 叶昊旻 叶瑞和 刘宠杨 孙俊杰 李文聪 李国雄 李荆菊 李洪堆 李海春 李梦颖 邹锦考 张玉平 张顺祥 张剑峰 张超满 张赐强 张新锋 陈帆 欧阳月亮 罗志高 周满扬 郑志波 郑琳东 胡宝 姚泽林 贺东峰 高亿军 黄小东 黄君豪 黄智 黄翟建 黄蕙英 曹永富 梁开业 程永强 曾慧华 谢树森 廖志忠 谭艳红 （按姓氏笔划排序）
出 版 发 行	江苏凤凰文艺出版社
	南京市中央路 165 号，邮编：210009
网 址	http://www.jswenyi.com
印 刷	深圳市国际彩印有限公司
开 本	718 毫米 ×1000 毫米 1/16
印 张	12
字 数	130 千字
版 次	2021 年 11 月第 1 版
印 次	2021 年 11 月第 1 次印刷
标 准 书 号	ISBN 978-7-5594-5380-8
定 价	58.00 元

江苏凤凰文艺版图书凡印刷、装订错误，可向出版社调换，联系电话 025-83280257